U0540587

胡安焉 著

生活在低处

湖南文艺出版社

目 录

自　序　普通的事物　1

第一章　童年，暨我的家庭史　001

　　童年的游乐场　003

　　我的家庭史　018

　　父亲的巴西龟　044

第二章　我为什么写作　053

　　1. 迟钝　055

　　2. 一事无成的人　075

　　3. 崇高　091

　　4. 在大理　105

　　5. 不打工，就写作　122

6. 出路　140

7. 非虚构　154

第三章　活着，写着　169

动物记　171

日常记　192

内心记　222

自 序

普通的事物

二〇一六年有一段时间，我暂住在一个朋友的工厂宿舍里。有一天他对我说，和我同住的人告诉他，我每晚把所有时间都用来读书，他没想到我竟然这么好学。他用了"好学"这个词，这让我愣了一下，当时我已经三十七岁，有很多年没听到过这个词了。随即我意识到——当然不是单从这件事上，而是从我对他方方面面的了解上——对他来说，读书就是为了提升自己、掌握技能、获得知识，然后以此来改善生活；假如不带有这些目的，那读书就是浪费时间。可是我不知道，像《包法利夫人》《卡拉马佐夫兄弟》《安娜·卡列尼娜》《城堡》《追忆似水年华》这样的小说，我读了之后如何学以致用？幸好他不清楚我在读什么书，否则他就会对我失望和担忧，因为在他看来，我的阅读是在虚掷光阴。

当时，我刚读完他推荐给我的几本书，书名我现在记不起来了，内容是关于创业和互联网思维之类的，因为我和他正好在合伙搞生意。或许他是以为，我又搞来了几本同类的书，每晚在宿舍里继续进修和提升，为我们的创业打好基础。可是那几个晚上我其实是在读布考斯基。我对这件事记忆犹新，是因为当时我觉得，用"好学"来形容读布考斯基好像有点反讽——我能通过读他学到什么呢，学他如何玩世不恭、放任自流，还是如何任性地把所有事情搞砸？我读布考斯基，别无其他，仅仅因为喜欢而已。我早就清楚，文学不能帮我获得别的东西。比如说，它不能为我找到一份工作。当然，我也不需要它为我找工作。文学只能带我进入文学，而这就是我想要的。不过我朋友的观点也无可厚非，他把读书看作一种手段，他读的也大多是工具书，那当然就要考察其有效性，去区分有用和没用的阅读。

至于文学到底有什么用，或者它应不应该有用，庄子有句话经常被人引用："人皆知有用之用，而莫知无用之用也。"这句作为总结的话，出现在《庄子·内篇·人间世》的结尾，在原文中有比较明确的意指：庄子认为人生于乱世，假如既有才华也有志气，就很容易受到上位者摆布，成为他人的工具，甚至沦为牺牲品；反倒是那些没有才华和志气的人，甚至是身体有残缺的人，最后得以保全自身。不过今天人们在引用这句话时，一般已摘除了原文的语境，使它的能指变得更加丰富。比如在我的印象中，做哲学的人就喜欢借此以自况，因为大众普遍认为哲学研究没什么实际用途，对此解释起来未免费劲，倒不如借庄子之言以解嘲。但"无用之用"对于哲学研究者来说，当然不是指成为废才以保命，而是指哲学一般不会直接、明确和具体地作用于我们生活的某个方面。但它会作用于我们的精神方面——它关注更根本和终极的问题，更抽象并囊括万事万物。

阅读和写作之于我的情况也与此相似，起码在二〇二〇年之前，我的写作几乎不为人知，也没带来过什么经济回报。至于二〇二〇年之后情况有所改变，那是因缘和运气使然，机会掉到了我头上，我恰好接住了而已，并非出于规划或争取。我从二〇〇九年开始写作，早年也投过稿，也渴望发表或出版，但发表和出版从来不是我写作的目的。对我来说，写作首先是我的个人表达，是一种以审美对待人生的形式，能发表或出版固然好，不能我也不会为之调整。

《我在北京送快递》出版后，我经常被问到，将来会不会选择一份写作方面的工作。这个问题从前我没考虑过，因为以我的履历、学历和年龄等条件，根本就不可能找到这类工作。但是现在既然有人问了，那我也只好认真想一下。我觉得自己并不抗拒通过写作挣钱，比如从事一份文字工作——当然我会对工作内容有所挑剔——只是我不认为工作性质的写作能代表我,我仍然需要在工作之余保持个人写作,这才是对我真正重要的事情。而在个人写作方面,我所追求的就只在于写作本身,而不在写作之外的任何地方。我认为艺术是务虚的——我是指狭义的艺术——它不是工具、手段或途径,而就是目的本身。

在这本文集里,第一章的三篇讲述了我的童年和原生家庭。如今回过头看,我接受的学校教育,主要是传授知识和纪律,至于观念的培养,往往流于空洞,对我的影响很小。所谓言传不如身教,实际上,原生家庭对我的影响,要比学校教育更具决定性。尤其是父母如何看待生活和社会、他们相信和遵从些什么,以及对待我的感情形式等,都极大地影响了我的性格、气质和追求,这些与我后来的社会经历相互作用,共同塑造了今天的我。而这一章的内容,也是接续自《我在北京送快递》的自传写作。

第二章"我为什么写作"是我对自己写作经历的回顾和反思,也是一次通过写作理解生活、认识自我的过程。对我来说,写作既是对生活的消化和体味,也是对自我的不断深入和辨认。生活、自我和写作这三者在我身上的关系大约是,首先生活和阅读提供了经验,我通过这些经验观照自身、澄清自我；而写作最初是我对这些观照和澄清的不同形式的投射，之后则成为一种从自我到无我的超脱——在人的生命尺度内，它不大可能完成，因此我的写作也不会终止。

第三章收录的随笔，是我的一些日常观察和感想的记录，同时也是我过往写作小说时的副产物，可以理解为一种培养语感的练习。不过其实我更愿意把自己至今为止所有的写作都视为练习，而不仅仅是这些随笔。因为我从未感觉自己的写作足够完善，或者是大体可以定型、瓜熟蒂落了。我喜欢"不成熟"的状态，这意味着更开放和更丰富的可能性。我希望一生都以练习的心态对待写作。这些随笔的内容都很平常，比如：记录某个清晨我在出租屋里醒来；记录我看到一张自己照片时的感想；记录某次观察蚂蚁捕食蚯蚓的感受；记录某天在理发店理发的过程；记录另一天在理发店理发的过程……它们有些是叙事性的，有些是感受性的，有些是思辨性的，还有些可能主要是我的牢骚。不过无论是什么，它们都肯定不具有功能性或实用性，它们不能授业解惑，也不提供新知锐见。文学和哲学一样，无法直接应用于现实，它不负责解决实际问题，否则它将是极其低效的一种手段；但是文学可以影响人，这种影响并非即时和具体地发生，而是以一种更根本和深远的方式。

我对卡佛说过的一句话印象深刻："作家要有为普通的事物，比如为落日或一只旧鞋子感到惊讶的禀赋。"在我看来，文学不是向读者传递些什么，而是触动读者身上的什么。特殊的事物往往有更明确和具体的特征、内涵、趣味、意指或意图等，要不就受到更多巧合因素的摆布，因而远离了事物的本质性和普遍性——艺术的意象其实天然地亲近普通的事物。而"普通的事物"也是我写作的耕耘之地。

和绝大多数人一样，我只是一个普通人，至少在四十岁之前，做过的都是再普通不过的工作，经济收入还拖了人均收入的后腿；从来没有人用"优秀"来形容过我，也没有人真正关心我的内心世界。总之，我不是山尖上刻有海拔高度的那块石碑，而只是山脚下随处可见的一块小石子。某种意义上，这本书中全部的内容，都来自那些在低处生活的馈赠。

2023.7.24　成都

第一章

童年,暨我的家庭史

童年的游乐场

我一九七九年出生在广州细岗，一九八四年搬到不远的中山大学对面，一家六口——外公、外婆、父、母、姐和我——住一套五十六平方米的单位宿舍。房子是我父母单位分的，他们是双职工，分到的面积算比较大。那是一座独栋楼，紧贴着马路，没有大院或围墙遮挡。因为家有老人，我们选了二楼，我和父母姐四人睡一个房间，窗外就是新港西路。当年的房子没有隔音可言，我从小就习惯在车声中入睡，长大后我仍然可以在嘈杂的环境里睡着。

我读的小学是新港路小学，校门就在我家楼下，我是全校离家最近的学生之一。我们学校创办于一九八四年，跟我搬到那里同年，校址前身是第五十二中学，那时第五十二中学已搬到怡乐路去了。小学是我和同楼的小伙伴们平常玩耍的地方，后来门卫不再允许我们在非上课日进校，但那时我们已经长大了一点，活动范围也扩大了。

学校西面的荣校也是我们玩耍的地方。荣校的全称是广东省荣誉军人学校，实际上不是一所学校，而是接收中越战争[1]伤残军人的疗养院，里面长年弥漫着一股消毒药水的味道。我们喜欢在荣校里捉迷藏。它面积其实不大，但可以躲藏的地方特别多，此外还有个篮球场。二〇〇〇年左右，荣校终于不再托称学校，正式改名为广东省荣军医院，但荣校这个简称作为公交站名和地名一直没变。

小学的东面是旧凤凰村，直到上世纪九十年代初都还是完完全全的农村，有鱼塘、猪圈、农田，还有几条水牛。在升上初中之前，我还没有自行车，活动范围受到限制，而旧凤凰村因为离家近，便成了我最常去玩耍的地方。我们在那里捉草蜢、捞蝌蚪，在鱼塘边打水漂，捂着鼻子参观猪圈，偶尔还能见到水牛犁地，这些对我来说都是有趣的事情。

旧凤凰村以东的康乐村是我们不敢深入的地方，里面小径繁复、鱼龙混杂，而且没啥好玩的东西。但和康乐村挨着、紧贴新港西路的电机厂宿舍（现穗发花园）和轻工业学校，我都有同学住在里面，所以也成了我玩耍的地方。电机厂宿舍里有两棵很好爬的洋紫荆树，还有一张水泥乒乓球桌。轻工业学校则可以捉草蜢和捉迷藏，还有一个

---

[1] 指对越自卫反击战。

二十五米长的小号游泳池，到了暑假会人满为患。

以上提到的所有地方包括我家，都在新港西路的南边，而马路对面就是中山大学。今天人们提到中大时，还得说明一下是哪个校区；在我小时候则无此必要，因为那时只有一个校区，就是海珠区的这个老校区。中大的正门也即南门，和我家隔着马路，直线距离不到一百米。而今天校园北端那个很气派的"国立中山大学"牌坊，在八九十年代甚至都不算是一个校门——既没有岗亭也没有门卫，只有一扇生锈的铁丝网门，外面是一条泥沙路，通往一个破烂的小码头，那就是中大码头，有一艘渡轮可以往返越秀区的天字码头。我有一个初中的同学，九十年代就淹死在那里。他穿着紧身的牛仔裤跳下珠江游泳，因为抽筋而溺水，捞上来已经救不回了。那天和他一起游泳的还有我另一个初中同学，我就是从他口里听到了事情的经过。

对于儿时的我来说，中大校园就像一个家旁边的公园，我可以在里面玩耍、运动、散步，还可以看电影，上面提到的其他地方都不能和中大媲美。曾经有好几年，大约在我读小学高年级时以及整个初中时期，也就是八十年代末到九十年代初的那几年，每年的暑假我都喜欢和同楼的几个小伙伴去中大晨跑。我们总是很早出发，一般不到五点就出门，天还完全是黑的，从南门进入校园后，我们就沿着中轴线逸仙路，先跑到中大码头，然后折返，跑回到惺亭休息，这个时候天才蒙蒙亮。我记得在去程我们很少会碰到人，大概学生都放假回家了，而教师宿舍在校园西区，教师们更喜欢在西球场附近晨运。一般返程时我们回到惺亭，才陆续看到有老人出来舞扇子、打太极。

在漆黑和宁静的校园里跑步，曾带给我某些美好的感受，但是我当年还小，没办法弄清楚那些感受的内容。后来科学告诉我，有氧运动会促使人体分泌多巴胺，是那些化学成分让我感到了愉悦。我当然相信科学，但同时坚信那些美好的感受并非完全来自化学成分。湿润的泥土和草木散发出的清新气味，这在白天很难闻到。大多数虫鸣在白天也听不到。还有校园里阒寂无人的情景，大白天也很难看到。正是这些和日常景象相异的新鲜气味、声音和画面满足了我的感知。今天只有在去到一个陌生的，通常是一个不太发达也缺少发展前景的，人少、安静甚至还有点破落的地方时，我才能重温这种美好的感受。

我小学五六年级的数学老师，后来成了新港路小学的副校长。她就住在中大的西门里，当年我和十几个同学一起去过她家，那片校区现在被称为"蒲园校区"。小时候的我不像今天这么细心，所以不知道"蒲园校区"这个叫法是从前就有，还是后来才做了划分和命名的，不过我倒记得当年中大校园里种了很多蒲桃树。蒲桃是一种味道很淡但气味清香的水果，我很喜欢它的味道。它的果实是圆形的，中间包着一颗弹珠大小的圆形果核。它的奇特之处在于，外面的果瓤和里面的果核完全分离。假如把它拿在手里摇晃，可以听见果核撞击果瓤内壁发出的笃笃声，因此它又被叫作铃铛果。后来，这种水果好像在菜市场里消失了。

不过我不确定"蒲园校区"这个名称是否来自蒲桃，因为当年还有另外一种叫作洋蒲桃的水果，和蒲桃完全不是一种东西。两者无论形状、颜色或味道都天差地别，不明白古人为何如此牵强附会，就像番石榴借名于石榴一样不可理喻。这种洋蒲桃如今仍能买到，但一般只出现在中高档的水果店里，被包装成一盒盒出售，名字也变成了"莲雾"。它当年其实是一种极便宜的水果，因为味道淡、水分少，所以销路并不好，大家买它无非是因为好吃的水果太贵罢了。中大校园里当年也有洋蒲桃树，它们似乎不需要打理，自己就能生长得很好，而且人们似乎并不热衷于采食这种水果。"蒲园校区"当然也有可能得名自这种洋蒲桃树。

蒲园校区的西北角有个小门，穿过门后是新凤凰村，这个村和我家旁边的旧凤凰村是什么关系，我一直没搞清楚。当年蒲园校区还有个小菜场，就在西球场的西侧，二〇〇〇年前后还有人在那里摆地摊，卖盗版的电脑光盘，好像是五块钱一张。曾经有一个时期——大约是九十年代的最末几年——我常常到西球场去跑步，西球场是离我家最近的一个标准足球场。不过当年我跑得很慢，如今回想起来，大概比快步走快不了多少。

西球场往东是梁球琚堂，这是个校内的电影院，当年每个周末——寒暑假除外——都会放映电影，门票只要几块钱。我在这里大概看过十几部影片，至今还记得其中的一些。比如有一部叫《神鞭》的武侠片，讲了一个清末武术家的故事，他用头上的辫子作为武器，打斗时要不断地甩动脑袋。剧终时他作为某场战争唯一的幸存者，独自蹒跚在硝烟和遍地的尸骸中，寓意大约是他虽然幸存了下来，但无疑已输掉了一切——他最后被剪掉了的辫子便是这一隐喻的最佳注脚。另一部片子好像是叫《蛇女》，讲一个可以召唤和操控蛇的超能力姑娘在一个城市里冒险的故事。姑娘好像来自深山老林，或起码也是非常偏远的农村，因此她特别单纯和善良，和她在城市里遇到的人截然不同。

还有一部《步步惊心》应该是香港或台湾拍的古装恐怖片，片里有一些香艳的镜头，也许放在今天就无法公映了。此外我还看了某部《蝙蝠侠》，我不记得蝙蝠侠是谁演的，情节也忘光了，只记得反派叫"速冻人"，是施瓦辛格演的。

我对以上影片的回忆不一定准确，但出于某种偏执而不是懒惰，我不愿在写下这篇文章时上网求证。我有可能会把两段不相关的记忆混淆，比如把这部影片的内容记成是那部影片的。也可能在后来总结出一些类型影片的套路后，我用这些套路来填补了看过的影片中被我遗忘的部分。但也正因为有这些错误，我的回忆才独一无二、唯我独有。我在梁球琚堂看过的最后一部影片，如果我没有记错的话——我应该没有记错——是张艺谋的《英雄》。

紧挨着梁球琚堂，当年有一家新华书店，我姐经常带我来看书，但很少会买书。这家新华书店大约开到了九十年代末，如今房子成了研究生院。旁边的永芳堂近年拆除重建了一遍，前面的小广场缩小了一些，当年的十八铜人像也消失无踪。不过原来的永芳堂也是晚近才建的，在我读小学和初中时还没有，我在这里并没留下什么特别的回忆，如今它改头换面我也不觉得有什么遗憾。倒是永芳堂前面的一片草地，连同怀士堂到孙中山像之间的一大片草地，是我和小伙伴们经常玩耍的地方。我们喜欢在草地上捉草蜢和翻筋斗，靠近孙中山像那边的草地有一道矮坡，我们经常从坡上滚下来，模仿电视里红军战士在枪林弹雨里匍匐前进的样子。孙中山像我们自然也没有放过，不过我们不敢去爬铜像——倒不是怕亵渎伟人，而是怕摔下来受伤——但铜像下面带围栏的石砌基台我们却经常攀上跃下。

此外每年中秋节的晚上，很多中大学生会到这片草地上赏月和聚会，学生们一般几人到十几人围坐在地，水果、零食、糕点、汽水等就堆放在旁边，人圈中间会点亮几根蜡烛，然后在每根蜡烛上倒扣一只红色的塑料桶。原本漆黑一片的草地上亮起点点红光，映在大家快活的脸容上，这种快活一般只在对生活充满信心和期待的年轻人身上才能看见；他们玩起击鼓传花，输了的就站出来表演才艺，有的人举止羞涩，而有的落落大方……我和几个小伙伴就提着灯笼在学生堆中游荡，总会有学生招呼我们坐下，请我们喝他们的汽水，把水果和零食分给我们，并且要求我们不许客气——我们简直成了某种"抢手货"。他们把我们看作很小很小的小孩，其实他们也才比我们大十岁左右而已。如今，我已经四十三岁，而他们应该已五十多，再过几年就到退休的年龄了；我现在在校园里看到的学生，或许还要比他们的孩子小几岁。不知道他们今天会如何回忆自己的这段校园岁月，会怎么看待当年踌躇满志的自己；也不知道他们当中还有没有人记得草地上那几个蹭吃的小孩。可是我会记得，并且永远不会忘记：当年草地上几乎所有人都那么单纯，因为满怀希望而对世界报以慷慨。这种单纯和慷慨我在此后的人生中很少再能同时碰到。因此那些在草地上度过的中秋之夜，是我至今为止最宝贵的回忆之一。可惜这样的烛光晚会我只参加过几次，后来校方在每年中秋节的晚上，不再允许校外人员进入；再后来那几片草地插上了"禁止践踏"的牌子，连中大的师生也不允许踏入了。

大约在二〇〇〇年之后，有个时期坊间盛传中大的武装部或保卫处丢了枪。这个传闻我不知道真假，但校园的安保确实像是如临大敌，我们这些住在周边的居民想再进去变得没那么容易了。有一回，爸、妈、姐和我到南门内的紫荆园餐厅吃饭，我妈先出发去占位子，我和我姐走得快，也到了餐厅，但我爸却迟迟不来，当年还没有手机，我只好回去找他。结果他是被南门的门卫拦下了，因为他出于省钱的目的，总爱买那些质量很差、款式很老的地摊衣服，而且穿到破洞也不换新的，再加上他不会说广州话，所以被门卫当作盲流对待，不允许他进入中大校门。对此我妈一贯的看法是，应该体谅学校安保工作的难处——我不记得她有没有对这件事发表过看法，但假如请她发表看法，她百分百会这么说。我也不清楚我爸有没有受到伤害，如果有的话，我并没能看出来，或许他对类似的歧视早就麻木了。而当年的我也不像今天这么敏感，虽然我确实感到有点气愤，但那只是很轻很轻的气愤，既没有令我因此誓要发奋图强，改变自己和家人的社会地位，以证明门卫对我们的歧视不但是狗眼看人低而且是有眼不识泰山——那相当于认可了那种歧视背后的价值观；也没有咬牙切齿地在心里暗暗发誓从此不再踏入中大校园半步，因为根本就没人在乎我进不进去，而我若不进就少了个活动的地方，吃亏的还是自己。

在孙中山像和惺亭的东边，是原岭南大学康乐园校区的旧建筑群。我是后来看到有房子的外墙加上了文物保护牌，才知道了这些房子的来历和价值。小时候我不清楚这些红砖房有什么来头，也不知道康乐园这个名称来自附近的康乐村——或许确实有一栋建筑物例外，那就是原马应彪招待所，在读小学的时候我就知道它是一栋文物。因为有次老师把我们整个年级带来这里，参观了房子外墙上的弹孔，这些弹孔是一九二二年陈炯明带兵袭击在此避难的孙中山时留下的。不过作为文物，这栋房子除立了一块石碑作为说明外,并没有加装任何保护设施,就连一百年前嵌入墙壁里的那些弹头,都任由游人随意触摸。

再往东就是校园东区了,这边主要是学生宿舍和体育场馆——我是指英东体育馆,以及配套的一个足球场、两个游泳池、一个跳水池,还有若干露天网球场和篮球场。这里的游泳池不仅是当年离我家最近的标准游泳池,而且至今仍是我去的次数最多的一个游泳场。我记得它在九十年代的门票好像是五块钱——即使记错也不会差很远——我在这里起码游过几十次泳。直到很多年后我还反复梦见自己来这里游泳,但不知道为什么,在梦里游泳场总是被挪到了梁球琚堂的位置。这些梦的情节都差不多,每次都是我很兴奋地去游泳,但最后没有一次能游成功——不是我没带泳裤,就是游泳场没开,要不就是泳池里的水位只有二三十厘米高,或是泳池变得远比现实中小,而池里的人却多得叫人难以置信。

除了游泳场以外,英东体育馆的其他场地我都没怎么使用过。网球我不会打,篮球的话东门内还有免费的球场,当年我和同学很少租付费的场地。至于体育馆前面的足球场(东球场),我只进去跑过几次步,我觉得东球场人太多,所以更喜欢去西球场锻炼。中大从前只有两个标准足球场,东球场更新,维护得也更好,跑道铺的是橡胶粒;

西球场破旧，几乎没有维护，跑道铺的是黑色沙粒，每次进去运动完，都要把鞋子脱下来抖干净，如果穿着白鞋进去跑步，那鞋子很快就会变黑。

我已经十几年没进过中大，前几天重游旧地，发现校园东区的变化最大：在英东体育馆的东北方向，又新建了一个更庞大的体育馆，这个体育馆没有捐献人冠名，可能是学校自资建造的；此外还新建了一片规模壮观的学生宿舍。我从东校区往南门方向走，路过文科大楼和教育学院之间的那个单车棚，它的下面大概是个人防工程，有一道往下不知多深的斜坡，小时候我们把它叫作"防空洞"。这里也是我们练胆的地方，很多次我们几个小伙伴手拉着手往下去，发誓一定要走到尽头，可是每次总是在走出三四十米后，就有某个人——要不就是我，要不就是我的某个小伙伴——害怕得尖叫一声往回跑；而只要有一个人往回跑，其他人都会吓得跟着跑，这点从来没有例外过。于是直到最后，我们都不知道下面到底有什么，我们连一次都没有走到尽头。当年中大的学生远不像今天这么多，校园里非常安静，我们常常在一个地方玩耍许久都见不到人，所以当我今天站在这个单车棚外，看到摆放得密密麻麻的单车和电动车时，很难想象这里曾经会让我们觉得恐怖。

　　我继续往南走，南门已经遥遥在望了，但我还想去看一下紫荆园餐厅，小时候我们家偶尔会去那里喝个早茶，我想看看它还在不在。总的来说，中大校园在我错过它的这十几年里变化很大，但和校外周围的街道相比，校内的这些变化又显得十分谨慎和精打细算。正如人们常常赞叹的一样，我们生活在一个日新月异的社会；但我既不喜欢日新月异，也不喜欢社会。紫荆园餐厅仍然经营着，尽管因为我到时不是饭点，餐厅里没有亮灯，但透过玻璃门我看到里面有服务员在整理物什。我站在餐厅外面，如果说往事在我脑海里一幕幕闪现，似乎是一种过于文艺乃至庸俗的修辞，可事实就是这么文艺乃至庸俗：往事在我脑海里一幕幕闪现。和家人一起喝早茶是一件快乐的事情，尤其是在我还小的时候。但此刻怀念这件快乐的事情，让我非常难过……

　　无论如何，我希望以一段快乐的回忆结束这篇杂记。在紫荆园餐厅的旁边，有一栋五层的楼房，当年是留学生宿舍，如今可能仍然是。在留学生宿舍的外面，有一个露天的羽毛球场，其实就是一块画了线的水泥地，左右两边各杵着一根铁棍，打球的人可以挂上自己带来的球网，当然也可以不挂。我读中专的时候，有个时期经常中午和一个同学来打球。在这里打球的人大多不挂球网，大家只是来活动下身体，不是来分个胜负的。偏偏我和那个同学属于"人菜瘾大"那一类，我们就是要分胜负，所以我们有一张球网。或许是这个缘故，有天一个女留学生加入了我们的比赛。她是个白人，个子比我们稍矮，头发是深颜色的，可能来自东欧或南欧。我记得她非常腼腆，球打得很一般，水平和我们差不多……很多细节我已经想不起来了，比如她会不会说汉语，如今想来她应该会说，但这只是我的推断而不是记忆，我记不得她说过些什么，也记不得她有没有说过话了。我能记起来的是她和我们打球时的一些情景，比如当时我故意用一些夸张的动作去救并不危险的球，在水泥地上鱼跃前扑甚至在地上打滚，一点也不介意弄脏衣服和身体。我那样耍宝是为了逗她笑，我似乎天生就喜欢逗人笑。我做得还算成功，后来她果然笑了。

我发现自己有个奇怪的特点：当我遇到比自己更腼腆和内向的人时，我总是想消除这种差距，于是我会话多起来，甚至开始搞怪，去逗对方开心；但当我遇到比自己活泼和外向的人时，我却会变得拘谨和话少，似乎我希望巩固这种差距。

这次打球发生在九六年或九七年，今天这位女留学生应该快满五十岁了。不知道她如今在哪里,以及还记不记得,当年自己在一个羽毛球大国留学时,有一个滑稽的中学生曾经在球场上给过她一些欢乐——尽管分量不多,但那个中学生已经使出浑身解数了。

2022.10

2023.8 改写

我的家庭史

母 亲

我的母亲出生在上海,六岁那年随我外公外婆移居广州,当时是二十世纪五十年代初,跨省迁移的情况并不普遍。母亲是外公外婆收养的孩子,她身边没有兄弟姐妹,外公外婆在广州也没有任何亲戚。母亲曾多次对我说,她小时候最开心的事情,就是寒暑假随外公外婆回上海探亲。而在广州,她毕竟是一个外省移民,刚开始时还不会说广州话,生活习惯方面也和本地人有所区别。比如说,广州人每年三百六十五天都要洗澡,而母亲在上海时冬天并不经常洗澡。对于几岁到十几岁的小朋友来说,彼此间一点点的差异都有可能引来取笑或排挤。或许母亲身上的谨小慎微、克制压抑,以及讨好型人格,从这个时候起就埋下了种子。

不过真正威胁到她安全感的事情,则直到"文革"爆发之后才发生。抗战初期,我外公出于爱国之心曾在上海加入过国民党,抗击侵华日军。可是因为这个"历史问题",外公在"文革"时被扣上"黑五类"的帽子,被拉去批斗并关到一所卫校的牛棚里了。我母亲也连带成了"黑五类"子女,家庭财产甚至人身安全都受到威胁。我外婆长年抱病,生活仅能勉强自理:她可以做一些家务,但要外出的话,她走路很慢且不能走远,也提不得重东西,所以她一辈子没上过班,经济上完全依赖我外公。此时母女俩在广州举目无亲,这种处境对我母亲的心理冲击可想而知。

人对危机感的承受力是有限的,尤其是对于心智还不成熟的青少年来说。弗洛伊德曾描述过这种心理防御机制:当一个人处在某种困境中,并且清楚无论如何也挣脱不了,这时精神为了避免崩溃,会转而认同这种困境,把这种困境认识为自己主动的追求,以此化解比实际伤害会更早摧毁自己的精神危机。因为心理机制是自发的,它的运作不受理智控制,而更接近于本能反应。或者换一个角度理解,正是因为理智认识到在外部的困境面前,自己已经无能为力,于是它放弃了控制权。就像你被确诊了绝症,这时无论你去求神拜佛也好,忏悔祈祷也好,练气功也好,你的医生都不会干预了；无论你采用什么荒谬的方法，只要能化解你对死亡的恐惧，帮助你顺利度过死亡来临前的日子，那就都是有益的。而这，其实就是后来被命名为斯德哥尔摩综合征（人质综合征）的心理原理。

于是我母亲不由自主地愈发迎合外部的权威，这时她讨好的对象已经不只是身边的人，因为她显然意识到，身边的人其实也是棋子，并不比自己更有主见，有一个更高的主张在推动这一切，她要比身边的人更加信服这个主张，如此一来就没有人可以伤害她了。不过她没有认识到的是——或许她也曾朦胧地认识到但不敢确认——广州作为一个千年商都、曾经唯一的对外通商口岸，它在地理上远离政治中心，又受港台地区和海外的影响较大，民间的思想观念一直比较自由和开放，实利主义和小市民文化源远流长。到了特殊年代，尽管有识之士在经历了此前的"反右运动"后，已经不敢公开发表不同见解，但在广东老百姓的观念里，无论对人类共同理想的描述有多么美好，假如代价是牺牲自己的个人利益，那都是万万使不得的。可是既不敢反对，又不想吃亏，剩下可走的路就只有说一套做一套了：嘴巴上附和着共同的追求，内心却盘算着个人的得失。

事实上，实利主义和小市民文化有时可以作为抵御某些非理性意识形态的屏障。但是作为外来家庭，我母亲和外婆在广州孤立无援，缺少来自亲缘网络的交流、启发和互相支持，她们没有机会融入这种本地文化。于是，在迫切地想要获得安全感的心理推动下，母亲只有更加表里如一、全身心地信服于那更高的主张——别人只是嘴巴上那么说，她却是发自内心地相信，并以此来要求自己。其实当年像母亲这样的人，放在内地相对封闭的城市是常见的；可是在广州，她却一定程度上成了个异类。

"文革"开始那一年，母亲刚好高中毕业，她读的市一中是重点中学，但大学已经停止了招生，于是她和几个同学开始了"大串联"。当时学生乘火车是免票的，他们先去了长沙，像朝圣一般参观了长沙第一师范学院。然后又去了武汉，去武汉是出于什么目的母亲已想不起来，她说可能是为了看看武汉长江大桥，建成这座桥在当年是一项丰功伟绩。最后他们到了北京，在长安街的路边和来自全国各地的千千万万学生一起，接受了主席车队的巡视和问候。回到广州后，有官媒呼吁学生向红军学习长征精神，于是母亲又和一批同学从广州步行到井冈山，瞻仰了革命圣地。最后，她和同学一起下乡到了位于今天海南省昌江黎族自治县的粤垦农场。这个农场的名称之所以有个"粤"字，是因为当年海南还属于广东省，直到今天老一辈的广东人仍习惯说"海南岛"而不是"海南省"。

其实和母亲一起下乡的同学，大多根本就不想下乡，他们只是受形势所迫不得不去而已，大概只有母亲是死心塌地的。那些同学去到农场后就一心盼着回城，每天咬紧牙关地等待政策。母亲的处境却相对有点微妙：假如回了广州，她将变回"黑五类"子女，每天过得提心吊胆；留在农场的话，没人会关心她的成分，因为大家都是来劳动改造的，谁卖力谁就先进，谁偷懒谁就落后。一边是因为出身受到歧视，另一边是凭着劳动争取地位，哪边对我母亲更公平和有利，答案就不言而喻了。

父　亲

我父亲是客家人，出生在广东省陆河县，这个县直到二〇一二年才脱离国家级贫困县的名单，是广东省最穷的三个县之一（另外两个是乳源县和阳山县）。他是家里的幺子，十六岁就离家参军，之后再没回过老家居住。母亲和父亲是在农场认识的，当时父亲所在的炮兵连驻守在昌江，认识母亲时他还是个排级干部，后来复员时已升到副连级。

父亲本身就是贫农出身，加上自幼参军，加入了中国共产党，可谓根正苗红，在那个年代被官方称为"最可爱的人"——当然，可能只有母亲这么看，而在她那些同学的眼里，父亲只是个矮小的乡巴佬而已。母亲的同学们，出于同窗的情谊，不赞同母亲和父亲谈恋爱——他们千方百计要逃离的乡下，母亲却主动地去缔结关联。事实上母亲是下乡同学里唯一一个在当地成亲的。但是母亲当时的情况是，她的审美观和价值观已经完全依附于时代主流，时代主流说什么人最可爱，她就发自内心地认同什么人最可爱。更何况还有一点：和父亲结合后，她就成了军嫂，再加上父亲无可挑剔的出身，她就算回到广州也无所畏惧了。

父亲和母亲在昌江的农场结合，一九七三年我姐出生，母亲把她送回广州，由我外公外婆代为抚养——这时候我外公已经被放了出来。一九七六年因为落实政策，母亲也调回了广州。到了一九七八年，借助和母亲的婚姻关系，父亲才指定复员到广州，而我是一九七九年出生的。当年广州海上救助打捞局在招人，母亲于是从农垦局申请调到了海上救助打捞局，经过培训后成为一名会计。父亲复员后也加入了海上救助打捞局，开始时在基建处食堂做采购，后来调到了办公室，负责党政工作。实际上父亲并不具备业务能力，到了九十年代改革开放落到实处，他所在的单位将拆分为企业单位，并且要实行自负盈亏，这时父亲开始面临下岗的风险。到了一九九六年，父亲以身体欠佳为原因办理了提早病退，算是躲过了下岗的窘况，但是他得的那场病要比下岗致命得多。

父亲天生有一个食道肌瘤，是良性的，但是在八十年代，社会整体的认知水平落后，信息渠道很不发达，父亲不知从哪里道听途说得知，这个食道肌瘤会转化为恶性肿瘤，这令他大为恐慌，极力要做一个切除手术。当年还没有应用内镜手术，切除食道肌瘤是要开胸的。母亲告诉我，当时有两个主任医生参与会诊，其中一个激烈反对这台手术，认为所冒的风险得不偿失，他甚至特地到病房向母亲表明态度，希望母亲劝说父亲。另有一个外省来的驻院医生也反对这台手术，但他的态度相对温和，只是对父亲说，他的食道肌瘤转化为恶性肿瘤的概率非常低，这个手术完全没有必要做。

可是另一个主任医生主张做手术，他还安排了自己的一个学生做主刀医生。母亲至今提到这个主任医生时仍恨得咬牙切齿，她认为这个主任医生同意做手术，是在利用父亲的愚昧，为自己的学生安排实操机会，实际上他很清楚这个手术弊大于利。我个人认为内幕可能比母亲揣测的更为复杂和肮脏，但当年我只有十岁，什么也不懂。结果这台手术果然遭遇失败，切开的食道壁无法愈合，医院为了挽救父亲的性命，换了一个主刀医生又接连做了两次开胸手术，这导致我父亲住了大半年院。在第三次手术前，医院让母亲签了病危通知书，母亲后来告诉我，那是她人生中的至暗时刻。所幸第三次手术取得了成功，父亲不久后出了院，甚至又回到了工作岗位，可是他的体质自此一落千丈，这一年是一九八九年。

后来到了二〇〇六年，父亲有一次在家里拖地时，突发脑卒中被送进了医院，当时正好我在家里，是我叫的救护车。尽管屡遭劫难，但父亲扛了过来，一直活到了二〇二二年，以七十九岁之龄辞世。记得在一九九六年办理病退前后，父亲曾说过要去摆地摊，但后来他没有去摆，我从没问过为什么。我知道他不喜欢九十年代的改革开放，因为这害他差点下岗失业，他的条件和能力也让他完全无法在市场经济中获利。可是他也不会公开地反对中央路线，他只是暗暗地仇视富人，把下海经商和炒股视为投机倒把；大概在他心里，富裕和不道德是互为因果的关系。然而他其实也想要发财，他有买彩票的习惯，而我这辈子连一次彩票都没买过，他只是求之不得心生怨念而已。

父亲的母语是客家话，当兵时学会了普通话，但他说的普通话不标准，可能因为他那些战友也说不来标准的普通话。后来搬到广州之后，他又渐渐学了点广州话，但发音比普通话更不标准，所以他一般都宁愿和广州人说普通话，因为广州人说普通话比他更不标准，这令他不至于感到自卑。事实上他从没融入过城市生活，他的农村出身、他的观念和生活习惯、他在单位的尴尬职务等，都令他很难交到城市朋友。他在工作之余几乎不和同事往来，他对所有需要和别人共同进行的娱乐消遣，比如球类运动或棋牌麻将都一窍不通。就我所见，他仅有的兴趣爱好是看《动物世界》和到家附近的城中村里淘便宜货。他近乎病态地节衣缩食，在我看来完全是非理性的，母亲长久以来也受到他的影响——曾经我以为母亲原本就和父亲一样节俭，可到了父亲去世之后，我才发现母亲并不是。

外　公

我出生的时候，我们一家六口住在细岗，那是我外公单位的宿舍，面积是四十平方米。到了一九八四年，海上救助打捞局在中大也建了栋宿舍楼，我父母属于双职工家庭，分了一套五十六平方米的。原本外公想和我们分开，可是母亲极力游说，坚持要三代同堂。后来母亲承认这是个错误的决定，但她的动机我至今不能断定。于是我们退还了外公单位的宿舍，而这又是另一个错误的决定，因为当年的单位宿舍其实只象征性地收取两三块钱月租，哪怕自己不住也可以留来储物，或再过几年用于转租赚取差价——事实上宿舍在当年是稀缺品，很多人挤破脑袋都分不到，根本没有人会像我们一样把到手的宿舍退回给单位。更重要的是，到了九十年代，这种单位宿舍实行买断制，买断价非常便宜。比如我们海上救助打捞局那套五十六平方米的宿舍，买断只花了两三万，拿在手上等个十多年再出售的话，可以赚到几十倍的差价。不过母亲并非因为金钱的损失而后悔，她就是这么一个奇怪而扭曲的人，对于个人的得失从来不放在心上，要不就是装作不放在心上，不过她入戏太深，真真假假连我也分辨不了。她后悔是因为外公和我父亲处不来，后来两人甚至爆发了激烈矛盾。

我外公一九一九年生在常州，自幼移居上海。我外婆比外公小几岁，祖籍苏州，出生在上海。他俩都是城里人，最初的世界观建立于解放前的大上海，解放后的社会文化对他们影响不深。我外公有些观点在当年是超前的，但其实不过是民国时期上海人的常识。前几年母亲对我说起一件往事。在八十年代的时候，有次她和外公外出，看见路边有个摆地摊的老妇人,外公就随便买了点东西。但他买的东西我们家完全用不上,母亲疑惑地问外公为什么要买。外公回答说,假如大家都不消费,经济怎么可能发展起来呢?这句话放在今天是常识,恐怕中学生都懂得这道理,可我母亲却是到了九十年代才理解这句话。因为母亲出生成长在计划经济年代,当时社会的供需关系严重脱节,生产主要按政府的计划进行,而不是受市场需求的左右,个人无论如何消费,都不会影响到生产,更不会促进经济。相反,一个人买了自己不需要的东西,倒有可能导致需要的人买不到。

不难想象,像外公这样的大城市人,秉持一套解放前的价值观,如何能和贫农翻身做主人的父亲,以及他身上那些根深蒂固的小农思想合得来?何况他俩一个加入过国民党,另一个却是中共党员,外公在"文革"时还遭受了迫害,虽然这笔账算不到入赘的父亲头上,但他也不可能完全不介怀。甚至夸张一点说,可能在我外公看来,父亲这种人就属于小人得志。父亲也确实有些愚昧落后的观念,比如他重男轻女,当年我们家经济条件不好,像鸡翅、鸡腿、肉丸、酿肉之类的整只烹制荤菜,我们都是按六只或六只的倍数来采购,然后在餐桌上平均分配。但父亲经常把属于他的那份荤菜让给我,却从来不让给我姐。而我外公、外婆和母亲都认同男女平等，何况我姐是外公外婆带大的，他们对我姐的感情要更深一些。我则是父亲复员后出生的，尽管父亲要上班，没有多少时间管我，但在外公外婆看来，我受父亲的影响要比受他们的影响多，自然就很难像我姐一样和他们亲近。因此他们反感父亲对我的偏爱，当父亲三番四次地把菜让给我，而我姐什么也没得到时，他们虽然嘴上不说什么，但眼神是严峻的。

另一方面，父亲管教我的方式也让他们接受不了。我小时候很调皮，会偷吃父亲锁起来的饼干，父亲发现之后，会把我的双手扭到背后，用粗铁线捆绑起来，就像给犯人戴上手铐一样，再给我胸部捆上一圈，令我动弹不得，直到他消气为止。如今回想起来，这种手段可能令我外公外婆感到震惊，估计他们从没见过这么野蛮粗暴的教育方法。后来有次他们终于受不了了，就让我母亲去告诫父亲，母亲到底说了些什么我不清楚，但那次之后父亲就再没绑过我了。而父亲看不惯外公的，主要是生活习惯方面，比如他说外公经常不洗澡，浑身散发一股味道，挂在厕所的毛巾也很臭，有时用擦桌布抹地板，有时又拿别人的洗脸毛巾擦手等。总之，父亲和外公互相看不顺眼。早年因为父亲要上班，两人共处的时间不多，矛盾才没有激发；后来父亲退休了，两人朝夕相处，于是摩擦几乎每日不断。

家　底

到了一九九九年前后，母亲也意识到这对彼此都没有好处，这时候我外婆已经去世了。曾经母亲希望把亲人都留在身边，我不知道这算不算一种控制欲，可这同时违背了外公和父亲的意愿。痛定思痛之下，母亲跑到外公的单位，提出当年外公退还一套宿舍，为单位解决了一位职工的住房问题，现在单位应该补偿外公一套房，因为这本来就属于外公。可是这时离我们退还宿舍已过去了十六年，单位当然不想再给这套房。这件极其困难的事情最终被母亲办成了，我怀疑她用了一些激烈的手段。到了二〇〇一年，外公终于和父亲一拍两散，搬进了自己的房子。

我们那套海上救助打捞局的宿舍此时已经买断，于是也趁机简单装修了一番。我还记得装修的预算是两万块，后来实际支付了两万多，和买断房子花的钱相当。因为我姐也已经出嫁了，这时我和父母合住一套两室一厅，按道理应该父母睡大房间，我睡小房间。可是母亲不同意，她坚持和父亲睡小房间，然后把大房间用木板隔成三爿：一条通往阳台的走廊，两个等大的睡房。按照她的说法，这是给外公留一个房间，以备外公回心转意。可是这样一来，我的睡房就变得极其狭小，在摆了一张小床、一张书桌和一个衣柜后,我就连伸个懒腰都办不到了。而且间隔的木板并不伸到房顶,我的睡房不是一个封闭空间,除了头顶和外面相通外,还有一面朝向阳台的大窗,我在房间里做些什么,父母在阳台都看得到。

不过我曾经和父母、姐四人在一个完全没有隐私的房间里合住了十几年,这时有了一扇属于自己的房门,对我来说已经是不小的进步。事实上当年我对装修后的房间非常满意,我习惯了服从父母的安排,甚至不觉得这有什么奇怪。不过今天回过头看,我认为母亲当年的做法,有点像是做给外人看的——她极其害怕别人挑剔她的品德,她怕有人误会外公是她赶走的,所以她要留一个空房间表明立场,以此堵住所有人的嘴。尽管她明明很清楚,让外公和父亲住到一起对双方都是一场不幸。

外公在独立之后,对母亲的态度也越来越冷淡,具体的原因我已无从探究——外公已经在二〇〇八年去世了——母亲对此也说不出个所以然来。独立后过了几年,因为请不到合适的保姆,外公提出要续弦。刚开始母亲担心他被骗,后来实在拗不过,也只好帮他去物色对象。最后外公和一个他聘用过的保姆的老乡结了婚,这位新妻子原来在附近的一个城中村里开小卖部,还带着一个读书的孩子。在结婚前,外公和母亲就和她约定,外公去世后包括房子在内的所有遗产都归她，而她负责照料外公的晚年。像这类婚姻基本都是交易，年老的男方等于找一个贴身的保姆，年轻的女方则看重对方的遗产。我记得外公后来只抱怨过这个妻子不肯和他同床而睡，其他方面大概她都是合格的吧。

我对出生后住到五岁的那套外公单位的宿舍印象不深了，面积四十平方米也是后来母亲告诉我的。一九八四年，我们一家搬到父母分的海上救助打捞局宿舍后，我就和父母、姐睡一个大房间：父母睡一张双人床，我和姐则睡一张双层铁架床；外公外婆睡在小房间。一九九七年，我外婆去世。一九九九年，我姐结婚，但姐夫那边要等婚房，到二〇〇一年我姐才搬出去，至此我们家在广州终于有了一门亲戚。二〇〇一年，外公搬走，住到自己的房子里。二〇〇五年，我们贷款买了一套带装修的期房，花了三十三万，面积是七十七平方米。二〇〇七年，我们搬进了新房，原来的房子就用于出租，租金则用来还房贷。二〇〇七年，外公再婚，于二〇〇八年去世。二〇一二年，母亲卖掉了老房子，提前还清了新房的贷款，这套房子我们一直自住，现在也是我们一家唯一的房产。从二〇〇七年到今天，我和父母住在一起的时间加起来有三年左右，其余时候我在不同的地方做不同的事情：二〇〇七年至二〇〇九年在南宁；二〇一二年至二〇一三年在云南；二〇一三年至二〇一四年在上海；二〇一四年至二〇一五年在云南；二〇一七年至二〇一八年在顺德；二〇一八年至二〇二一年在北京；二〇二一年至二〇二三年在成都。

二〇二三年我在接受采访时，提到父母在事业单位退休，有记者因此认为我家庭条件好，其实完全是误解。九十年代之前的事业单位，和今天的没有可比性，因为当年国家也很穷。像广州海上救助打捞局这种单位，隶属于交通部而不是地方系统，在广州可谓无依无傍，本身又缺乏赢利能力，偶尔捞到一些无主的沉船货物，就当作员工福利发给职工，我有一张使用至今的白色薄毯就是这么来的。到了九十年代，国家开始搞体制改革，海上救助打捞局拆分为救捞局和打捞局，父母所在的打捞局变成了企业单位。不过在此之前，父亲已经提前办理病退，所以他应该算是在事业单位退的休，而母亲准确来说却是在国有企业单位退休的。

到母亲二〇〇二年退休时，中国经济已经开始起飞，国家也渐渐有了钱，公务员和编制才吃香起来。不过打捞局这时已变成企业单位，而且效益不太好，这导致母亲退休前的两三年，领到的工资还不如相同工龄的退休金高。

后来她退休前最后一个月的工资，也不如退休后第一个月的退休金高。事实上在九十年代，像广州这样的发达城市里，年轻人更渴望加入港资公司和外企，而不是去考公务员。因为当时刚经历的改革开放才"打破铁饭碗"，哪怕是有编制的也照样要下岗，何况港资公司和外企开的工资远比事业单位高。我姐高中毕业后即参加工作，当时是一九九三年，她入职了一家港资的彩印公司，职位是校对员，她在试用期结束后领到的首月工资，就比我父母同月的工资高。

病 老

二〇一六年，我母亲查出卵巢癌，做了子宫切除手术，再进行化疗；因为发现时已是三期，主治医生预测母亲只能活两三年。后来母亲确实复发，因为她年老体弱，不能再承受化疗，就改为服用靶向药物控制病情，并一直活到七年后的今天。父亲在经历一九八九年那一连串手术后，身体基本就垮了，力量和耐力都不复当年，后来每逢天气转变，他就浑身骨痛，乃至夜不能寐。或许他身体的底子极好，就这样扛到二〇〇六年，又遭遇了一次颇严重的脑卒中，但又被他扛了过来。这两场大病摧残了他的身体，也摧毁了他的意志，此后他一直活在死亡的阴影之中。

大约是二〇一〇年，他的牙也开始出现问题，但他为了省钱，不愿到正规医院根治，而是选择在城中村里的小诊所"镶金牙"。几年之后，他的口腔情况变得非常糟糕：有些牙齿脱落了，有些则崩断，仍残留部分在牙龈上，还有些则镶了金牙，好牙总共没剩几颗。因为牙痛，他开始吃止痛药，饭量却越来越小，因为无论咀嚼或吞咽都会带来痛楚。他快速地消瘦，后来体重掉到了七十几斤。这时候口腔医院也不接治他了，因为那将是一项大工程，而他却那么瘦弱，连路都走不稳，说话声音也很小，有时连我都听不清楚，加上脑卒中的病史，牙医既不敢也不愿冒这风险。

大约从二〇一六年开始，他几乎每年秋季都因肺炎住院，后来诊断为慢性阻塞性肺病。他开始摔倒，越摔越频繁，有时在家里摔，有时在外面摔。他在外面摔过几次我们不清楚，只有一次他过马路时摔倒爬不起来，是好心的路人把他送回来的。医生说这是脑卒中的后遗症，但也可能是受肌肉萎缩的影响。他有较严重的前列腺增生，两度触发急性尿潴留，后来只好插上尿管、挂上尿袋。他长年服用多种疏通脑血管的药物，有些药物可能对胃造成负担。

呼吸科的医生说给他开的吸入式粉剂会加重前列腺的压力，但肺病的危害更大，所以还是建议他吸。泌尿科的医生说他的情况不能做手术，但药物可能会损伤消化器官。他还有严重的便秘，长年依赖开塞露排便。

我不清楚父亲怎么评价自己的一生，他曾经喜欢读开国领袖的回忆录，也说过想写自己的回忆录，但最后他没有写。或许一个人过得幸或不幸，主要取决于自身对幸福的认识。父亲是如何认识幸福的我不知道，但就我的眼光来看，他在广州过得并不幸福。他的生活观念和习惯都来自农村，和城市并不相融，所以他始终感到孤独、自卑和彷徨。他没有朋友，也不喜欢和人打交道；他抵触消费，只买生活必需品，并且全都是劣质便宜货。他不愿带我姐和我回老家，说辞是老家治安不好，于是在我十岁那年，母亲瞒着他买了四张长途车票，迫使他不情愿地带我们去了一趟，那是我至今为止唯一一次踏足陆河县。今天回过头看，我认为他当初不想带我们回去，并非仅仅出于治安的考虑。他可能不想我们看到老家愚昧落后的面貌，也不想农村的亲戚看见他的一双城市子女。当然，以上只是我的揣测，像这类疑问永远不会从他口里得到解答。

大约在二〇一七年，有天晚上父亲上厕所时摔倒，全身失去了力气,母亲也扶不起他,只好打120求助。次年他们就搬进了老人院,因为老人院里有护工,两人感觉更安全,而且他们选的老人院离家很近,步行只要二十分钟,他们随时可以回家看看。二老在老人院共同生活了四年,直到二〇二二年国庆节那天,父亲因肺炎引发的多脏器衰竭辞世,在我们看来,这是一个解脱——他最后几年承受的痛苦简直难以想象,相比而言丢失的体面实在不重要。在去世的两年前,他写了一张小纸条贴在床边的墙上,字迹歪歪扭扭,因为他的手早就没了力气,上面只有一句话:"不要给我进行抢救。"下面是他的落款。他告诉我们这是他的遗嘱,还说有了这张纸条,我们就无责了。

可是我们就连这也没能做到,因为我们不知道他还能不能救过来,有时候医生为了自身的安全,会在收治我父亲这类病人时,先把病情说得很严重,这其实是医患关系紧张的背景下医生的一种自保策略。所以我们不敢轻言放弃,万一父亲和头一年一样,又被挽救回来了呢?我们签字同意了为父亲上呼吸机,又另外插了四条管,可是这一切努力只是让父亲多受了十几天罪!在上呼吸机之前,有一个不是我父亲主治医生的看床女医生私下对我姐说,父亲的情况已经不容乐观,哪怕抢救回来也没有丝毫生活质量可言——她都已经说得这么直白,我和我姐还是执迷不悟。当时疫情封控还没有放开，我们不让母亲到医院去，可她在老人院听到我们传达的情况时，也坚决反对给父亲上呼吸机。实际上母亲才是第一决定权人，可是我们连她的意志都违忤了……这件事情我大概这辈子都无法释怀。如今，母亲向我们做出了和父亲当年一样的交代。

亲　子

父亲去世之后，母亲身上的担子轻了。原本我们以为她的病情更严重，毕竟癌症在一般人心目中是绝症，没想到父亲反倒先她而去。或许生命本身就是一场绝症，人生下来就注定要死，哪怕无病无痛也只是活个几十年，我们每一天都活在倒计时中。尽管自知时日不多，但母亲的心态很好，她坦然地看待即将到来的死亡，没有长吁短叹，更没有歇斯底里。她之所以没被绝望压垮，是因为她把自己看得很卑微和不重要。无论这是源于被洗脑也好，理想主义也好，或斯德哥尔摩综合征也好，总之她相信人不是为了自己而活着，而是为了某种崇高和共同的目标，因此死对她来说并不可怕，甚至也不可惜。她一辈子都在压抑自己：不敢流露个人的喜恶，认为那是一种偏颇；不尊重自己的真实感受，认为那不全面和客观；不敢面对自己的欲望，哪怕是合情合理合法的欲望，都可能是一种带有道德风险的私心……她总是严于律己、以身作则，而且恰好逻辑意识较强，总能把道理说通，于是起码在当年，一般人确实难以挑出她的瑕疵。但在今天的大多数人看来，她只是傻和脱离现实而已。

小时候我很崇拜母亲，她总是站在道德正确的一边，大义凛然地说话，哪怕是在家庭内部、在没有外人的场合，她也从来表里如一，绝不人前人后说两套话。一般人大概会认同这是个优点，因为大多数人确实做不到这点，那时就连我的小伙伴也承认"你妈妈好有文化"——事实上母亲不是有文化，而只是无私而已，她说话做事很得体，所以显得有修养——但我对她的了解程度和追溯深度不在一般人和小伙伴的层次。我想撇开道德评价这件事，无论是对任何人，因为这流于表面，我想问的是原因：她为什么会变成这样一个人？

首先，我不认为世上有天生的道德模范，一个人的道德品质肯定是后天教育的结果，但母亲的同学为什么没有变得和她一样？如今我倾向于从她和她同学的区别处寻找根由——我认为是她幼年时孤立无援的特殊处境以及当时残酷的社会运动共同作用，令她在极其缺乏安全感的情况下，习惯了不管面对谁都要表现得无可挑剔以自保。那个年代鼓励揭发亲人，母亲虽然没有揭发外公，但她必须表现得不徇私（不能为外公辩护）才能换来自身的安全。抱病在床的外婆不能成为她的心理支撑，她在广州也再无别的可依靠之人，于是渐渐地在她的潜意识里，亲情不再是牢不可破的坚实依傍，唯有彻底效忠时代主流方可保全自身。后来她对待子女的感情也体现出同样的特质：她从不在外人面前袒护我，也不敢为我撑腰，哪怕我是占理的一方；相反她喜欢在外人面前批评和贬低我，以显示自己的公正和无私，回到家还说这是为了激励我，让我"有则改之无则加勉""严于律己宽以待人"——可是对于年幼的我来说这只是伤害和背叛，而不是什么激励。有时候我觉得自己不像是她的亲生孩子，而像是社会化生产的后代，然后交托给她抚养而已……

尽管重男轻女的父亲更偏爱我，但他对我的偏爱不能唤起我的敬意。父亲从来不是个理想主义者，他在解放后"翻身做主人"，脱离了贫穷的家乡，定居到省会城市，在很大程度上是个得利者。和母亲相比，他显得思想觉悟不高、私心杂念较重。不过大概因为参军时年纪小，他没怎么受农村的迷信思想影响，在部队里完成了精神改造，不拜神佛不畏鬼，只信马列唯物论，这在当年算是体现了"党员的先进性"。他有常见的男权主义观念，认为母亲的地位不如自己，尽管他不会表达出来，但我仍可以明显地察觉到。矛盾的一点是，因为他是入赘到城市的，此前并无城市生活经验，方方面面都要向母亲借鉴，加上他那贫农出身和退伍军人的身份，在八十年代几乎等同于他的名片，所以哪怕他并非真心实意地相信无私奉献，但起码在表面态度上，他不得不附和母亲那些"伟光正"的言论和立场。于是他有点像是被母亲在精神上挟持了一般，被迫地以一种高姿态的面目示人。

父亲有些观念其实比社会主流还要保守，比如他曾在我们面前痛斥台湾的综艺节目伤风败俗、无耻下流。而我去同学家玩的时候，却发现很多家长真实的一面比公开的形象更开放。比如有些同学的父母在家里藏了毛片，他们以为瞒住了自己的孩子，实际上都被我们找了出来。与此相比，我父母完全是一丝不苟地推崇禁欲。

不过开放和保守也要看针对什么事情，某些方面我父母倒比绝大多数人开明。比如说，他们二〇一二年填了一份《广州市公民志愿捐献遗体申请登记表》，还让我姐和我签了名。我不清楚这个遗体捐献最初从哪年开始接受申请，但公示的数据显示：广州市二〇二二年全年实现遗体捐献 181 例；截至二〇二二年年底，历年合共实现捐献 1350 例；截至二〇二二年年底，历年合共办理登记 3303 例。和以上零零星星的数字相比，二〇二二年广州市常住人口是 1873.41 万人，全年户籍出生人口 10.96 万人、死亡人口 5.74 万人。[1] 换言之，二〇二二年广州每 1000 位去世者中，只有 3 位捐出了遗体。

父亲去世后，我们遵照他本人的意愿，向市红十字会捐出了他的遗体，用于医学研究与教学。前来对接的工作人员将父亲的遗体称作"大体老师"。后来他们做了一次家属回访活动，请家属分享自己和"大体老师"的想法和故事。因为当时还在新冠疫情封控时期，母亲独自接受了回访。她对这个活动很满意，认为受到了尊重，并在微信上向我姐和我转述了自己的分享内容。以下是二〇二二年十一月二十六日她发给我们的微信信息，一字未改摘抄如下：

> 我从小接受共产党的教育，毛泽东思想的熏陶，要做一个有益于人民的人，虽然共产党、毛泽东有缺点、错误，但是这个观点，我始终认为是对的，我觉

---

[1] 数据来源于广州市统计局官网。

得做了有益于人民的事，活得很有意义，这是我的思想基础，当我看到报纸上登捐献遗体的报道，特别是一家六口都捐献遗体，这家人大多数从事医务工作，我很感动，我明白，遗体的作用是医学教学、医学研究，目的是更好地防病治病、救死扶伤，这是对人民有益的事情，我就萌生了捐献遗体的想法，当我和你爸爸谈起这事，他对我说，我们也捐遗体吧！我听了很高兴，我就去了中山医学院接收站登记。

2023.8

父亲的巴西龟

我爸曾经养过一对巴西龟，在养了五六年之后，有一次他突然问我，把龟炖了吃好不好。假如换我提出一个令他大吃一惊的建议，我往往事先就预料到他会大吃一惊。但他显然预料不到我的反应，在发现我的吃惊后，他又为我的吃惊感到吃惊。因为我的反对，后来他没有吃掉那两只龟，但是它们的结局仍然很不幸，甚至比被吃掉还要悲惨。

其实我爸一直喜欢养小动物，不过他舍不得在这上面花钱。除了巴西龟，他还不止一次养过陆龟、金鱼、小鹦鹉等。总的来说，他不擅长养小动物，那些他养过的动物几乎都没活过一年，大部分甚至没活过三个月。只有这对巴西龟神奇地活了近十年。它们刚被买回来时只有火柴盒那么大，而后来活得更久的一只死的时候，背壳长度已经超过二十五厘米。

和很多动物一样，巴西龟在小的时候更可爱，通体翠绿,几乎没有杂色,像一只全新的玩具——但比玩具要精致得多——没有瑕疵,也没被弄脏、褪色或残破。它们的甲壳结构和纹理完全符合实用主义的几何美学——我的意思是,这是它们亿万年来进化的结果,所有那些不合理、不实用的创意都被时间淘汰了,留下来的毫无疑问是必要和精练的部分。不过大自然的巧夺天工也只能保证它们出产时的完美,随着它们逐渐长大,受到环境的影响,身上的颜色会一天比一天黯淡,同时留下难以洗刷的脏污。它们的甲壳表层会脱落、边缘会收缩和翻起,看起来就像一个胖子套在一件太小的毛衣里。另外,假如你给它们喂肉,它们的大便就会有臭味,而它们又不像人那样讲卫生,会经常把大便在底壳下面磨来磨去,甚至用嘴去啄自己的大便,令整盆水都变得腥臭浑浊。它们还会染上恶习,会变得无耻、粗暴和势利,它们欺软怕硬,在你喂食的时候讨好你,在吃饱后却乜斜着眼看你。

当它们还小的时候,我爸给它们喂最常见的那种小颗粒的龟粮,颜色一般是红或绿的,大小和藿香正气丸差不多。当它们长到接近扑克牌大小后,就改为喂小鱼了。小鱼也是跟卖龟的商贩买的,大小和蝌蚪相当,身体是半透明的,一小袋大约二三十条,开始时卖五毛一袋,后来变成一块。

我爸把龟养在小面盆里,刚开始喂活鱼的时候,两只龟还不太适应,经常被鱼群耍得团团转。为了让笨拙的它们捉到鱼,我爸在盆里只留很少的水,使得小鱼半搁浅在盆底,没法自在地游动。有些小鱼意识到自己没有被公平地对待,就赌气地高高跳起,越出盆沿,破罐破摔地躺到地板上打滚。这时候守在旁边的我就会把它们捡起来,扔回盆里。不过并没有过多久,两只龟就可以敏捷地捉到在水里乱窜的小鱼,再也不需要我帮忙了。

我喜欢旁观它们捕食,有些小鱼在临死前的挣扎是很具观赏性的。每一批小鱼里都有一些过得浑浑噩噩、本身就半死不活的,它们会最先被吃掉。接着被吃掉的,是那些虽然身体状况良好,但对自身的处境认识不足、盲目乐观又行动迟缓的,它们凄惨的下场往往触目惊心地警醒了幸存的同伴。于是剩下的最后几条小鱼总是极其难以对付:它们警觉性很高、危机感强,总是如履薄冰地躲在龟屁股后面。为了看清楚它们,龟只好不断地打转;而它们也跟着在后面转,始终隐匿在龟的视线盲区里。有时候,它们被逼到盆边走投无路了,会先小心翼翼地潜伏到龟的前爪旁,然后瞅准机会猛一蹿,弹射到龟的另一侧。捕猎这种小鱼往往是一场持久战,不过小鱼最后多半还是会被吃掉,因为除了体力的消耗外,它们还一直在担惊受怕,在空间有限的盆子里,始终找不到出路,时间长了,难免有松懈的一刻。

龟和人一样,也是晚上睡觉,白天它们喜欢惬意地晒太阳,尤其是在吃饱了之后。我会帮它们把盆子挪到有阳光的地方,这时它们就会伸出脖子,抬起头,眯起眼睛,做出一副用心倾听的样子。此外,它们还会把后腿伸出甲壳,朝后蹬直,同时张开爪子,让身体更多的部位照到阳光,不害臊地享受起岁月的静好。除了晒太阳以外,它们还喜欢爬盆子:先把两只前爪扒到盆沿上,竖直身体,然后蹬起一只后腿,另一只后腿从侧面往上够,想够到盆沿上把身体撬出去。可是它们始终不能彻底成功,因为一旦它们翻了出来,我爸就会换上大一号的面盆——我家有很多闲置的旧面盆,但不知道为什么,我爸没有从最初就拿出一只最大的来养龟,而是一次次地更换。于是它们面对更高的盆沿,只能仍旧长时间双脚站立在盆边,前爪搭在盆沿上,脑袋举在上方,表情和人一样,无奈地久久揣摩外面美好但不属于自己的世界。

因为两只小龟是同时买回来的,也就是说,它们甚至可能是同一只母龟所生的,所以当时有理由相信,它们的生命旅程应该是相似的。不过事与愿违。

先死的那只龟活了五年多，不过大约从第三或第四年开始，它就不再长个头了。它是在冬眠时死去的，那个冬天原本并不冷。那时候我已经不和父母住在一起，有一次回去，我吃惊地发现，两只龟的体形相差了近一倍，大的那只已经比我手掌大了。我一度以为是其中一只死了，我爸又另外买了一只，但我爸说这还是原来的两只龟，小的那只很健康，也进食，只是身体不长了。

最初的时候，两只龟相安无事，毕竟它们青梅竹马，从出生起就没分开过。可是随着大的那只越长越大，性情也逐渐变得蛮横和狭隘，它开始欺负起小的那只来。

如今大的那只龟显得更稳重了，就像掌握生杀大权的人物一样，当然也可能因为体重增加，动作不再那么灵活：它在左右探视、转身或爬行的时候，举止总是缓缓的，然而不容置疑；它恰到好处地拿捏着这分寸，仿佛体内的威严快要满溢出来了。

而小的那只龟则惶惶不可终日，成天躲在它屁股后面，生怕不小心被它看到，勾起它心里残忍的念头来。不过难免的，总会有疏忽或避无可避的时候，就像再长的引信，也有燃尽的一刻。

欺凌总是发生得猝不及防，我一般在远处，比如在客厅，突然听到盆里传来一阵急促的响声，于是立刻赶到阳台，看到大龟正追着小龟的尾巴咬。小龟这时就像被父母抽打的孩子一样，正慌不择路地往前逃，爪子绝望地敲在盆壁上，发出响亮的啪嗒啪嗒声，令人揪心。不过也得承认，这比一阵凄厉的号叫要好点，庆幸龟是不会叫的。为了阻止大龟的暴行，我扳起食指，在它贪婪的脑袋上弹了那么一下。由于突然受惊，它猛地收起四肢，龟壳稳稳地落在盆底，好像倒扣下一只碗。它的头也缩了回去，不过仍露出一点，过了一会儿，又伸出一点，然后往一边侧去，用一只眼打量上方的我。刚才它沉浸在狩猎的乐趣里，甚至没察觉我来到了盆边。

不过冷血动物终究难以教化，我碰巧阻止的暴行，不过是千千万万暴行中的沧海一粟。从这时候起，小龟每天晚上甚至不敢睡在盆底，而是爬到大龟的背上，以免自己在熟睡时被偷袭。后来有一次回家，我发现小龟尾巴附近的伤口化脓了，背壳也崩了一块，更糟糕的是由于长期受到惊吓，它显得萎靡不振，对我的逗弄几乎失去反应。我让我爸把两只龟分开养，可是这时大概已经晚了，加上我爸对小龟的处境并不怎么在意，而我又很少回家。就这样，小龟在度过噩梦般的生命最后一年后，终于解脱地死去了。

在小龟死了之后，大龟又独自活了几年。它还在不停地长身体，力气也越来越大，后来当它铆足劲儿往前爬的时候，我试着用了很大的力气也不能把它摁停在原地。它身上有着作为宠物的大多数优良品质：生命力异常旺盛，从不生病，性格外向、好动，而且不挑食。有时我会怀着恶作剧的心理给它喂一些我认为它受不了的食物，比如说，酸得我牙齿发软的青李子，但它从来没有把我喂给它的食物吐出来过。有时我会想，恐怕它确实比它死去的同伴更适合活在这个残暴的世界——虽然确切地说，它的同伴不是被这个世界的残暴，而是被它的残暴害死的。

它还享受到了更多的自由，因为它后来的体形在我家里已无处可藏，因此我爸经常把它放出来，让它在屋里到处爬一会儿。一般几个小时之后，它会躲在客厅的红木靠背椅下，或者缩在墙角，或者就自暴自弃地停在路当中，浪费掉自己剩余的一点自由。

它死的时候，我在另一个城市，我是几个月后回家才听说的。我家楼下原来有一个加油站，后来拆除了，变成一个临时停车场。因为很少有车停那里，里面沿着围墙长出一片齐腰高的杂草，草丛有几十米长、七八米宽。有一天，我爸把大龟带到草丛里"放生"了。我听说了之后告诉我爸，巴西龟是水龟，要放到水里才能活下去。可是他茫然地看着我，什么也说不出来。

　　停车场后来变成一个楼盘，底下开了麦当劳，慢慢热闹起来，而原来那片草丛的位置成了楼盘前的小广场，人们在那儿玩耍、散步、遛狗。楼盘的发展商新近在地面埋了地灯，晚上亮起来之后，从楼上望去，只见一片闪烁的光斑，就像从飞机的舷窗看地面的城市。

2020.4

第二章

我为什么写作

1. 迟 钝

我确实是一个迟钝的人，经常在事情发生时听不懂别人想表达什么，而到了事后才省悟其中的含义——可那也不至于要花五年才理解一句这么简单的话。不过这句话应该还是触动了我，或者给了我某种自信——自信向来是我极其缺乏的东西——令我朝写作的方向靠拢了一点。这有点像一枚钉子得经过反复的敲打，而不是被一锤就砸进墙里去。

作为一个写作者，有时候难免要问自己：当初为什么会开始写作？毕竟生命短暂，我们拥有的时间是那么少，可以做的事情却那么多。我知道，有的人从小就很清楚自己想做什么，还有的人很早就显露出某方面的天分，而我在写作上不属于上面两种情况。不过写作对我来说确实很重要。比如说，它可以帮助我消化自己的一些经历——从最初我就怀有这种念头，因为那些经历假如得不到有效的消化，可能会令我变成一个不那么好的人。具体而言，我可能会以某种不那么好的眼光看待生活和周遭的人事，而结果自然是令自己过得更不好。

不过假如写作的意义就是使人变得更好和过好生活，那么它显然不是唯一的途径，否则就应该人人都在写作才对。此外它在我身上也不是自然而然或必不可少的，因为在我开始写作之前，我已经在这个世上度过了三十个年头。所以后来我开始写作，其中必然包含了一些偶然的因素。但对于这些偶然的因素，我觉得没有什么好探究的，就像天必然会下雨，只是你不知道在哪天下。我感兴趣的是另一部分，即我身上偶然包含的某些必然因素，这些必然因素既反映我写作的根由，也揭示我写作的目的。

志　向

我可以清楚地说出自己开始写作的日期，起码可以准确到月份，那是在二〇〇九年十月。但是我无法记起自己最初萌生写作这个念头的时刻。这就像大多数人都知道自己的生日，但很少有人知道父母是在哪一天创造了自己一样。不过我在梳理自己的记忆时，发现有一些不那么确定的时刻，它们或许不是唯一和决定性的，但肯定曾对我后来的写作产生过重要的推动作用。

比如我回溯到二〇〇四年，当时我和几个朋友离开广州，一起搬到了北京通州。我们对外宣称是为了创作漫画，我们也确实画了一些漫画，但和总体花费的时间相比，我们的产出少得可怜。因为我们几乎不怎么画画，多数时候只是在到处闲逛和聊天而已。此外对于合作画出来的漫画，我们的感觉也不太一样。因为我只是负责撰写脚本，对画画并不很擅长和喜欢，所以借助朋友的手实现自己的想法，我心里是满意的。

但我的一个朋友却觉得我的脚本写得太详细，使他作画时缺少自由度，因此也就没有了乐趣，他喜欢有一些发挥的空间，而不是充当我的作画工具。另一个朋友则没有那么在乎自己的空间和自由度，但他认为我写的故事太感伤，而那种感伤不像是属于一个年轻人的。实际上他连年轻人的感伤都不喜欢，更不要说我那种不年轻的感伤了。我对他的意见很认同，觉得他说的有道理，但我只能想出那种感伤的故事。顺带一提，当年我二十五岁。就是在这个时期，有一天我们又在外面闲逛，路过一个食杂批发市场时，其中一个朋友没头没尾地对我说了一句："我觉得你更适合写作。"

老实说，我不清楚他为什么这么说，但我当时没有追问。有人向我提建议时，我习惯点头说好，而不是问为什么。此外和朋友在一起，我喜欢充当听众，而不是表达观点。因此我常常交到喜欢表达的朋友，而不是和我一样沉默寡言的朋友，否则相处起来就会很尴尬。后来我常常回想，当年在朋友眼里，我有展露出什么写作上的才华吗？我觉得并没有，因为当年我根本没写过任何称得上作品的东西。要不就是我的谈吐比较温文尔雅？这倒是有可能，尽管这只是我给人的一种错觉。因为我顶多只能算是性格温和，但谈不上什么文雅。和同龄人相比，我情绪比较平稳，几乎从不激动，此外我很少不加修饰地表达内心真实的想法，这些特点都很容易让我的朋友误以为我是个有修养的人，但这显然还不足以被看成是某种写作上的天赋。所以当时朋友随口说的一句话，或许仅仅是看到我在画画上起点太低、悟性太差，觉得我还不如另辟蹊径算了——这就是我最后对那句话的理解。

不过这对我来说并不成为一个打击，我身上好像从来没有可被称为志向的东西。我确实曾想过做成一些事情，但那些想法既不强烈也不持久，显然无法称之为志向。如果说我真的不适合画漫画，那我就不画好了。我没有那种坚持己见，克服自身的落后和不足，去证明别人对我的看法是错误的动力。相反我倒经常理性地察觉到，我并不总比别人看得更准，尤其是在看待自己时。当然，我也可以画了但不拿给别人看，那样我就不必在乎自己画得好不好这个问题了。可是不给别人看我就没有画漫画的动力，我觉得自己并不喜欢画画，甚至也不能说是喜欢写作，起码不像我的有些朋友那么喜欢。我之所以去尝试除了面对面交流以外的一切表达形式，只是为了表达有些我在面对面交流时无法表达的内容。因此我的创作必须有读者，我也愿意取悦读者，我甚至愿意取悦任何人，或许只对那些特别坏或对我特别不友善的人例外。这才是我的本性。

我的朋友对我说我更适合写作的那一刻，或许不是一个对我后来写作起到决定性作用的时刻。因为我在听到那句话之后，又足足过了五年才真正动笔。而在这之前我早已放弃了画漫画。当然我不否认，我确实是一个迟钝的人，经常在事情发生时听不懂别人想表达什么，而到了事后才省悟其中的含义——可那也不至于要花五年才理解一句这么简单的话。不过这句话应该还是触动了我，或者给了我某种自信——自信向来是我极其缺乏的东西——令我朝写作的方向靠拢了一点。这有点像一枚钉子得经过反复的敲打，而不是被一锤就砸进墙里去。

演　员

　　另外一件对我写作产生过推动作用的事情，大约发生在二〇〇四年底，我离开北京前不久。严格来说，在那之前我和朋友就已经离开北京了。当时我们为了节省开支，从北京通州搬到了廊坊的燕郊。但燕郊和通州离得很近，我们从原来在通州的居所去往燕郊，甚至要比回北京市区更便捷，所以搬到燕郊并没有使我们觉得自己离开了北京。但是燕郊到底是个比北京落后得多的地方，那里不像北京，到处有鳞次栉比的建筑和琳琅满目的商品——起码当年还没有——却有大片大片的玉米地和干枯的河床。换言之，在燕郊人们的消费选择很少，而且主要是一些中低层次的选择。

　　我们住处附近唯一的一家医院，光看建筑外观很容易让人对它信心不足；而一旦你走进医院里面，剩余的那点侥幸心理也将荡然无存。不过，我从头到尾都没去过那家医院，甚至都没设想过自己可能走进那家医院。那时我还年轻，身体很少出问题，而像感冒之类的小病我会自己买药吃，所以没什么机会进医院里看病。当时我和朋友都没有工作，我们没有收入，但我一点也不担心。我们的日子过得既逍遥又拮据，在最窘迫的时候，每天只能自己动手煎饼子吃——幸好我们还有一袋面粉——连买菜的钱都没有了。但就算是这样，我也丝毫没有紧张。因为在千里之外，我还有一个家和父母，我知道他们不可能看着我饿死而不管——虽然他们强烈反对我到北京。

事情发生的那天，忘记是为了什么，我独自从外面返回住处。路上我买了两只光饼，拿在手里边走边吃。在路过上面提到的那家医院时，有两个农村妇女突然拦住了我。在她们拦下我之前，我完全没有注意到她们，因此多少有些愕然。我记得她们头上缠着毛巾，那种打扮即使在当年的燕郊也不多见，因此我不难推断，她们应该来自附近的农村。我对燕郊附近的农村了解不多，只是有一次，我坐930路跨城公交去三河市，途中看到了大片大片的农田，不过除了玉米秆以外，我认不出绝大多数农作物。

我以为她们是要向我问路，我已经准备好回答不知道，因为我才搬到燕郊没多久，很多地方都没去过，而且去过的地方我也说不清楚，我很怕自己说错了误导别人。可是她们并不是来向我问路的。其中一个妇女对我说——原话我已记不得了，不过她的意图很简单，不必逐字还原也能复述出来：她想要我手上的一只光饼，我还没有咬过的那一只。

虽然我不记得她当时的措辞，但我记得她的语气和表情。相比于她说的话，她的语气和表情给我留下了更深刻的印象。假如要用一个词来形容，我觉得可以用"坦然"。就像这个请求她已反复提出了无数遍，其中假如原本还包含了什么感情和意味，那也早就挥发殆尽了。或是我本来就该在那个时刻出现在那里，等着她们来向我要一只饼。而她们果然来了，不过是履行自己的职责，接下来就轮到我了——这里面没有丝毫偶然的成分，她们并不冒昧而我也无须意外。这就是命运。或者说，命运常常给人这种感觉：就像我们并不是我们自己，而只是在扮演我们的一群演员。

在我对眼前的情形做出反应之前，那个妇女又接着说道，她的男人送到医院里了。她没有解释更多，就像这句话已经足够说明情况。我自然也没有追问，因为那句话确实已经足够——事实上她不说都行，她不说的话我心里还好过一点，而且同样会把手里的饼奉上，仅仅因为我不喜欢拒绝人。假如她的男人年龄和她差不多，那也不过是个四十几岁的中年人。我总不能问她："假如你连买一只饼的钱都没有，那你的男人躺在医院里又有什么用？"

我当即就把手里的饼给了她，她接过后掰成两半，边转身走开，边和身边的同伴分着吃了。她们都没有向我说谢谢，要不就是她们从没接受过这种教育，毕竟看样子，她们平常根本不会主动和陌生人说话；要不就是和她们正在承受的事情相比，向人道谢这种礼貌上的讲究显得太过浅薄和造作，以至于不合时宜。相反倒是我想向她们道歉，尽管我不清楚自己做错了什么，但我感觉有那种冲动——作为一个相对而言幸运的人，为她们的处境和所遭遇的一切道歉。

不过话又说回来，她们遭遇的不幸实在太常见，即使相比我贫乏的过往，它也不算一件特别深刻或重大的事件。不说那些和我关系没那么亲近的人，就拿我的父亲来说，在我十岁的那一年，他经历了一次失败的开胸手术。为了修补那次手术带来的后果，他又接连接受了两台四级的大手术。在第三次手术之前，医院让我母亲在病危通知书上签了名。主刀医生对我们说，要做好病人不能出手术室的心理准备。他省略了状语"活着"，显然是为了照顾我们的感受。如果说十岁的我还小，不懂得事情的严重性，因此受到的冲击不大，那么在我二十七岁那年，父亲又再次在我面前中风倒地——这次是我亲手打120叫来了救护车。

和大多数人一样，我当然更关心自己的父亲，而不是一个连面都没见过的陌生人。同时基于理性我也认识到：

世界上有那么多医院，每个医院里有那么多病人，这些病人又都有各自的亲戚和朋友，我只是没有机会碰见他们，但他们遭受的痛苦和不幸并不比我碰见过的那些更轻。可是尽管如此，父亲和这个世界上千千万万不幸的人带给我的感受，都无法取代那个农村妇女和她躺在医院里的男人带给我的感受。当我父亲躺在医院里时，我确实感受到一种尖利的难过，以及深刻的恐惧和无助。就程度而言，这不是后者带给我的感受可以匹比的。但是父亲的不幸带给我的感受，似乎在成分和来由上都有迹可循，它是一种因为性质单一而较为容易理解的感受。哪怕是它的尖利和深刻，似乎也是一种较为容易理解的尖利和深刻。

可那个农村妇女向我讨要一只饼时，我的感觉就没有那么容易解析了。不过，我绝不是指当时自己受到了很大的冲击，或者大为震撼之类的。不是那样，完全没有那种戏剧化的冲击和震撼。事实上，在经历了那件事之后的一天，我过得和之前一天一样；在经历了那件事情之后的一周，我过得也和之前一周一样。我的生活和我本人都没有立刻发生什么变化。故此这件事肯定不是以某种直接和显性的方式影响了我。甚至我都说不清楚它影响了我什么，但影响肯定存在——可能是改变了我对生活的看法，或者改变了我感知生活的方式，或者只是把我意识中混沌的部分变得更加混沌。

如今回过头看，我认识到一个人的经历不仅是他遇到的事情本身，而且应该包括在事情发生时，他的处境和状态等方方面面的因素。非此我无法解释，为什么有些明明很重要的事情，对我精神施加的影响却微乎其微；而有些分量不重或者莫名其妙的经历，却令我在很多年后仍感觉到其中的意味深长。我还想起了一件事：那天我独自路过那家医院，很可能是在从银行返回住处的路上。当年我和朋友们总是结伴外出、一起行动，只有去银行我会独自一人，而我去银行是为了取父母汇给我的钱。尽管我父母反对我留在北京，但当我向他们求助时，他们仍然立刻把钱汇给了我。那段日子里我好像总共跟他们要过两三次钱，总数是两三千，这笔钱我后来没有还。而遇到农村妇女的那一次，如果我真的是从银行取钱回来的话，那肯定就是最后一次了，因为在那之后不久我就离开了北京。

"疯女人"

第三件我认为对自己写作产生过推动作用的事情，发生在二〇〇九年的某一天——确切一点说，是那年的一到八月里的某一天。当时我和一个合伙人在南宁的一家商场里经营着两个女装门店。到了那年的八月底,我退出生意,然后离开南宁,至今再没有回去看过。在这个女装生意的最后时期,尤其是在我决定退出但人还没走的那几个月里,我买了一些小说放在店里,空下来时就拿出来读。那个商场每天从早上九点经营到晚上九点半,但除了节假日以外,平常直到下午三四点才有顾客来逛,所以我每天都有好几个小时的空闲时间。如今我记得自己当时买的那些小说,其中有陀思妥耶夫斯基、有卡佛,还有塞林格,其余的我就记不起来了。以我今天的眼光看,当年我买书很随意,基本上书店的陈列架推荐什么我就买什么,而我好像还以为自己花了心思挑选。

那段日子的阅读确实给了我很多触动,当年我认为是那些作品打动了我,但今天回过头才看清楚,打动我的其实是我的生活,而不是那些作品——那些作品只是触发了我对生活的感动而已。我还发现自己不是一个感情丰富的人,和我认识或遇到的大多数人相比,我都更不容易高兴、难过、生气或兴奋,这或许是由于我习惯了压抑自己的感受。我想假如不是我的讨好型人格在作祟,我会变得对人非常冷淡——虽然现在已经有不少人说我太冷淡。这种冷淡是由于在很多社交场景里,我无法和那些感情远比我丰富的多数人共情。有时我甚至怀疑别人是在演戏，也就是我不相信他们真的会为一些在我看来很无聊的事情激动。

不过，我承认他们没有那么做的动机，反倒是我经常在演戏，我的动机是想要迎合别人。然而当我接二连三地遭遇不顺心的事情，或者陷在糟糕的生活里无法挣脱时，我发现自己的感受力会随之变得更敏锐。或许这是不幸对我的馈赠吧——尽管一提到不幸我就脸红，因为我并没有遭遇过什么特别的不幸；而一般程度的不幸，我想每个人都有过。但我不习惯也不喜欢向人倾吐，我极少告诉别人自己内心的真实感受，尤其是那些负面的感受。或许因为这个缘故，我体内的负面感受很难挥发掉，而这使我在阅读时变得更容易被感动。于是在南宁的商场里，我凑齐了这两点必需的因素：生意上丑陋的竞争和冲突给了我糟糕的生活，而空闲的时间给了我书。前面提到的那件后来对我写作产生过推动作用的事情，就发生在这个时期，发生在我的女装店里。

那天我一个人在看店，有个女顾客走了进来。她看起来很紧张，甚至有些害怕，脚步迟迟疑疑，但又竭力保持镇静，像一只夜晚出来觅食的啮齿类动物，任何风吹草动都会促使她立刻逃跑，逃回自己安全但暗无天日的洞穴里——这个女人有精神问题，这点不仅我知道，周围所有店主都知道。她可能就住在附近，所以经常来逛我们商场，但逛进我的店里还是头一回。每次她来，周围的店主就在她身后互相打眼色、捂着嘴窃笑。假如她走进了谁的店，其他人就一脸坏笑地看热闹。背地里大家都叫她"疯女人"，但她不是那种带有攻击性的疯子，她的"疯"主要体现在胡乱搭配的衣着、奇怪多变的表情，以及走路时不自然的姿势。她和人说话时也和一般人表现不一样，不过在那之前我还没有和她说过话。她逛进我店的那天，手臂上还挂着一只明黄色的提包，那只提包因为体积很大也显得有些怪异。不过我想假如换一个人来提，可能也没有多么怪。

我当然明白精神失常和正常之间，并不是一种像黑和白那样的关系，而是一种像深灰和浅灰那样的关系；我也明白没有一条确凿无疑的界线可以彻底地划分这两者。我看着她一件一件地翻看我货架上的衣服，同时意识到周围的店主已经把注意力集中到我的店里来了。我还知道那些注意力并没包含多少善意——我和周围店主的关系很复杂，不是三言两语能说清楚的。然后那个女人问我，能不能试穿一条牛仔短裤。我告诉她可以。不知道为什么，我觉得她很亲切，而且很熟悉，尽管在此之前我还没有和她说过话，甚至没有认真地打量过她。我想部分原因可能是，我对周围这时加诸她身上的恶意很熟悉。

我看着她把短裤从带夹衣架上取下来，可她并没有走进试衣间，而是直接在店面里，把两条腿分别伸进了裤管里。然后她提起裤子，把短裙撩起，对着镜子照了起来。我记得自己惊呆了。反应过来后，我尴尬地告诉她，旁边有试衣间。可要不就是她认为我不可能在和她说话，要不就是我的声音小得只有自己能听见，总之她没有任何反应，甚至都没转头看我一眼。因为她丝毫不感到难堪，难堪就转移到了我身上。不过我的难堪才刚刚开始，因为就在我的目光关注下，她又接着往腿上套第二条短裤了。我眼睁睁看着她想把它套在第一条短裤的外面——那根本就办不到——在两条短裤之上，还有她自己穿来的一条短裙。

我就像闯了祸似的站在旁边，没有勇气再提醒她有试衣间。她显然不知道试衣间有什么用，或许也理解不了自己当着我的面撩起短裙有什么不妥；我也不认为自己有能力帮助她建立这些认识。事实上我发现连和她说话都很困难，这不是她能不能理解我的问题，而是她好像完全无视我的存在。她在进店问了我一句能不能试穿后，就仿佛我从她的世界里消失了，接下来她的一举一动完全可以用旁若无人来形容。

就在我手足无措时，我再次震惊地看到，她取下第三条短裤，正准备往自己腿上套，而前面的两条短裤还挂在大腿上。她这么做完全没有意义，可是说这个有什么用呢？她可能从一开始就不明白为什么要试穿，只是有人曾教过她这么做，她就把这当成某种必需的仪式。突然之间我觉得心里很难受，我自己也说不清楚这种难过的成分。可是让一个顾客在我面前套上三条牛仔短裤这样的事情实在太荒唐，于是我几乎是下意识地伸出手，按在她的一只手上，我想告诉她：别这样。可她直到这时才察觉我在旁边似的，突然抬起头看向我，四目对接，她的表情里包含了惊恐和委屈，就像一个被自己信任的人伤害了的孩子。她的年龄虽然不太好准确判断，但肯定是在三十到四十之间，我从来没有在这个年龄的人脸上看到过这种表情。与此同时，我的眼睛也湿了，眼泪随时要夺眶而出……从她的脸上，我清清楚楚地看到了自己，她就是另一个我——惊慌，恐惧，孤独，委屈，被人不怀好意地围观，腿上还挂着三条牛仔短裤——只不过我还有力气遮掩，她却只能就这么袒露出来……我缩回了手。

最后她买下一条短裤，我默默看着她拉开那只明黄色的大提包，里面空空荡荡，底部散落着一些纸币。她一张一张地拣出来，先捋平整，再叠成一沓，然后递给我。她数出来的金额是对的，这说明她可以分辨纸币的面值。但不知道为什么，她脸上仍然挂着一副惶恐的表情。或许她不是在害怕什么，而是害怕本身已经固化在她的精神里。我想假如我脱掉自己的面具，我的表情大概不会比她的"正常"到哪里去。

如果说我从这件事情里得到了什么启发，那大概就是由此更加看清了自己：在深灰和浅灰之间，我离这个女人要比离大多数人近得多。此外，这段经历和五年前我在燕郊遇到那两个病属的经历一样，其中都包含了一种否定性的启示，令我意识到自己当时的生活偏离了正轨，过得毫无意义。事实上在这两件事情发生后不久，我就分别离开了北京和南宁。然而有意义的生活应该追求些什么？对此我并没有一个现成的答案。或许，写作会是一个选择。

失　控

第四件对我后来写作产生过推动作用的事情，严格来说更像是一个隐喻。这件事发生在二〇〇九年底，也就是遇到"疯女人"后的几个月，当时我刚离开南宁，回到广州还没几天。一个中午，我走在一条马路上，马路对面突然拐来一辆电动车，逆行朝我冲了过来，直到车轮擦到我了才刹停。我被吓了一大跳，不过并没有受伤，那是一辆搭客的"摩的"，但车上只有骑手一人，他是为了赶在绿灯的最后几秒冲过马路，所以才开得那么急。可是他显然不认为自己有什么不对，因为他不但没有向我道歉，反倒质问了我一句："你为什么走得这么急？"听到他这么说，我瞬间情绪失控了，那是我第一次在公共场所失控，我反问他为什么逆行，他避而不答，于是我用拳头砸了他的肩膀一下——不过那只是象征性的，并不是能打伤人的一拳。

他看到我暴怒的样子，有点愣住了，虽然仍在反驳，但声音很小，语气也收敛了。就在这时，旁边站出来一个男青年，挡在了那个骑手身前。他当时说了些什么，今天我已不能一字一句地回忆起来，大意是说那个骑手属于弱势群体，挣钱很不容易，我不该欺负他。而我好像反问了他假如骑手蹭到的不是我，而是一个孕妇，那该怎么办。我和他就这么拌了几句嘴，最后他说，你要打架就和我打。不过当时我们站在一个公交站旁边，有不少人在那里等车，其中多数是老年人。我们吵架的时候，他们就在旁边围观，当男青年说到打架时，几个老人马上站了出来，把我们俩分开。老人们对我们说，年轻人不要为了一点小事就冲动。虽然我很生气，但老年人的话确实有道理。

这次小小的冲突，是我生平第一次在大街上情绪失控。在此之前，我甚至都不知道自己有这一面，也不相信自己会在大街上朝人大吼大叫。由于我暴露出连自己都不知道的一面，这触发了我的反思。继而我认识到，从南宁回来的我，已经不是一个完好无损的我。曾经我的精神被一层厚厚的外壳包裹住，尽管因此变得反应迟钝、感知麻木，但同时也不容易受到刺激或伤害。可是这层外壳在南宁已经磨损并破裂，令我失去了保护，变得敏感和脆弱，同时又易怒和歇斯底里。过去我不在乎的一些事情，如今却变得非常在乎；而另外一些我从前在乎的事情，这时却变得不再在乎了。

此时，我看着大街上汹汹的人流，很清楚自己已不想融入其中。可是孤独地在漫无目的中摸索，我又害怕被那虚无的深渊吞噬。无论是什么，我希望有一件事情，是我可以投入其中，同时又不必为此和我厌恶的现实打交道的。这一年我刚好三十岁。

我很清楚自己的写作，从最初就怀有一种逃避的动机。比如说，躲到想象和虚构中，而不是活在现实生活里。我可以把自己关在房间里，不去上班也不交际，因为我还要写作——这或许不是个很好的理由，但毕竟算是个理由，而且不妨碍别人什么。这也称不上是一个好的出发点：为了逃避而投入写作。但我已经顾不上那么多了，我就像个溺水的人，能捞到什么算什么。再说，哪里有那么多好的出发点啊？我出生到这个世界上，本身就不是个好的出发点，那么凭什么我的写作会有一个好的出发点？不过，这确实是一个我必须克服的问题：不是关于出发点，而是关于一种端正的心态。

或许直到今天，我都没能完全克服它。

2. 一事无成的人

我父母也不认为我和文化之间有什么关联，毕竟我从事过的工作在他们看来都和文化没有关系。实际上直到今天——父亲对我的观点已经永远停留在他去世的那一天——他们都把我看作是个一事无成的人。或许他们的看法是对的，只是我不认为做成了事的人都比我优秀。我认为他们应该能够辨认出我优秀的方面，因为他们对我的影响是那么深，可是他们并没有辨认出。

担　忧

我是在父母对我的担忧中开始写作的。二〇〇九年我已经三十岁了，没有处对象，没有工作，每天关在房间里，还把房门闩起来。但是不知道为什么，他们对我的担忧很少直接地向我表达出来。我父亲偶尔会在我耳边喊一句:"该去找个对象啦。"但他说这句话时从不看向我,而是看向一边,而且从不在句子前面加上"你"这个主语,就像是在自言自语。有时他劝我去找工作也一样,仿佛看我一眼就要为自己说出的话负责似的。不过他尽管希望我去工作,却从不直接反对我写作。或许因为他没有合适的反对理由,毕竟写作既不低俗,也不违法,只是收入方面没有着落而已。恰好在我们家庭内部的日常语境里,个人的得失从来没有被当作一件重要的事情对待。无论这是被洗脑也好、入戏太深也好,我父母确实极少提醒我重视自己的利益,因此这时他们也不好以此为理由反对我写作。

我父母并不是文化人,而是属于工人阶级,但他们对文化的尊重要远甚于对财富的尊重,而且他们对文化的尊重不是出于通过掌握文化改变自身和家庭命运的功利目的。在这件事情上,我母亲的态度甚至比我父亲更彻底。我父亲对有钱人其实怀有一种隐蔽的仇恨,他是贫农出身,十几岁就参军入党,复员前是一名副连级军官。或许出于阶级立场,他对私营经济和有钱人都持反对态度,他讨厌改革开放,因为改革开放令他后来在单位里无法立足,但他并不是不想发财,只是缺少发财的能力和门路而已。他对文化人的态度则比较暧昧,表面上他尊重文化人,毕竟一般认为文化人不贪财——虽然事实并非如此——这是他衡量好坏美丑的重要依据。但在心里他并不关心和在乎文化本身。我母亲对有钱人倒是丝毫不仇恨,事实上她不恨任何人,可能只对犯罪分子怀有义愤。她对文化的尊重是出于一种"精神重于物质、知识大于财富"的观念,这种观念在她身上不全是自然形成的。

上面说了这么多,我并不是想暗示,自己因为写作的缘故,已经跻身文化人的行列了。我确实因为写作认识了一些有文化的朋友,但一般人不会把我看作是和他们同一类的人。另一方面,我父母也不认为我和文化之间有什么关联,毕竟我从事过的工作在他们看来都和文化没有关系。实际上直到今天——父亲对我的观点已经永远停留在他去世的那一天——他们都把我看作是个一事无成的人。或许他们的看法是对的,只是我不认为做成了事的人都比我优秀。我认为他们应该能够辨认出我优秀的方面,因为他们对我的影响是那么深,可是他们并没有辨认出。

近年母亲还经常在微信上给我转发文章,从那些文章的观点里不难推断出她对我的评价和忧虑,视乎其内容的不同带给我的感受分别有失望、屈辱或愤怒。老实说，那有时挺刺痛我的。何况她转发的文章全部很愚昧，有的简直是荒天下之大谬。连我都吃不准她是在老了之后失去了思考和判断能力，还是一直就如此，只是从前没有机会暴露出来。不过后来我试着不要被她对我的评价困扰，很大程度上我今天做到了。

我在这里主要是想说明：我的写作从来没有遭受过家人的反对。直到后来我姐私下告诉我，当时父母因为我的情况有多么焦虑，我才意识到他们并没有我以为的那么开明。那些焦虑没有促使他们干涉我，一方面的原因可能是，此前我在南宁开店两年多，其间只有春节能休息，这或许令他们有些心疼我，觉得应该让我歇一阵子。另一方面，他们察觉自己对这个社会的认识已经跟不上社会变化的速度，既然在方方面面都无力给我建议或施以援手，那么相应地似乎也不太好对我提出什么要求。我不是说这种想法是对的或成立的，只是说他们很可能有这种想法。除此以外，我父亲早年也曾考虑过写作，或许出于这个缘故，他对我要写作的想法多了一点理解和宽容——尽管他的理解完全是误解。

我父亲在一九八九到一九九〇年经历了那一系列不成功的手术之后，身体状况便一落千丈。到了一九九六年，他办理了病退，这一年他才五十三岁。其实他的身体虽然不太好，但不至于连班也上不了，因为他的工作只是一份闲差；他要办理提早退休，主要原因还是在单位自负盈亏后，他的职位已经岌岌可危。或许因为觉得自己还没老到不能劳动的地步，所以刚刚退休的那会儿，他告诉我姐和我，说他准备去摆地摊，等老到摆不动，就动手写自己的回忆录。

最后这两件事情他都没有做——不是没有做成，而是没有做。他确实打听过摆地摊的细节。有次他告诉我，他向一个离开单位去开小卖部的同事请教过，商品的定价大概是进货价的一点五倍最为适宜。不过他说这话是在他告诉我想摆地摊之前，而我当时还在上学，完全不能理解他的处境，更不清楚他说这些的目的。直到很多年后回想起来，我才察觉他其实很早前就盘算过摆地摊的事了。至于后来他为什么没去摆，我从来没有问过。他要写回忆录的想法，虽然最后没有兑现，但在我看来并不可惜。因为后来我发现，他构思中的回忆录，主要是参照他爱读的那些开国元勋的回忆录。而按照那种回忆录的样式来写，我不觉得他的生平有什么值得歌颂的光辉事迹，或是曲折跌宕的发展轨迹。

成 本

有一点我必须承认，写作这件事不花钱，这是它对我的其中一个吸引力，而且是相当重要的吸引力。假如写作需要购置一套几万元的器材，那我很可能就不会选择写作了。不过开始的时候我低估了买书的投入，毕竟写作需要大量的阅读，而买书是要花钱的。我先到宜家买了两个一米宽、两米高的自组装书柜。书柜使用的是白色防火板，也就是在刨花板外面贴了一层白色的防火面料；款式方面则完全遵从实用主义的原则，没有一丝一毫的装饰。这款书柜是宜家的同类产品里价格最便宜的。不过，两个书柜我不是一次买回来的，因为刚开始时我还没有几本书。

我先买了一个书柜，把它组装好之后，看着它空荡荡的样子，就有了一种想要填满它的冲动。于是我就开始买书，一开始买得比较豪爽——当然这是跟自己比较，如果跟别人比较的话，我这辈子还没有豪爽过——完全不挑版本、译者和出版社等。直到这个书柜快要填满时，我买书的速度才放缓下来。我不想立刻添置第二个书柜，因为买来了第二个书柜，我就又要体验那种面对一个空书柜的焦虑。

有一个时期，我继续往已经堆满书的第一个书柜上放书。那个书柜的组装说明书上有提到,它的每块搁板的最大承重量是二十公斤。我觉得自己并没有在任何一层搁板上堆放了超过二十公斤的书,可是我看到有几块搁板的中间开始往下塌陷了。于是,我又去买了第二个书柜。第二个书柜和第一个一模一样,只不过它更雪白和光滑,还没有留下使用过的痕迹。我先把书从第一个书柜匀了一点过去,然后在接下来的一段日子里,我又放开买书了。这可能是因为我不想被人看到我有一个空着的书柜,我怕有人来问我:既然你只有这么点书,为什么要买两个书柜呢?

最后,大约在一年半的时间里,我终于把两个书柜都填满了。我买了几百本书,几乎都是文学类的。这些书我全部读了,或许只有几本没能读完。除了纸质书以外,我还在网上下载电子书,然后打印出来装订好读。当时我只读和文学相关的书籍:主要是小说,也有少量文学评论和理论,还有一些作家的访谈和传记等。和文学无关的书我都放下了,因为我觉得自己年龄偏大,写作起步又晚,在文学方面几无积累,应该集中精力于一点。当时我对自己的阅读量非常焦虑,尤其是上网和别的写作者交流时,看到他们如数家珍地罗列自己对经典作品的见解和获得的启发,那种感觉就像我和他们一起跳伞,可跳出机舱后才发现自己没有背上降落伞包。

老实说，有些书我当年读得很痛苦，必须用尽力气集中精神才能读下去。可越是这种需要强迫自己才能读完的书，我就越是读完就忘。我不知道别的写作者是怎么读书的，我不善于向人请教，而我在阅读上效率很低、方法很笨。我浪费了很多时间读一些不那么好或不适合我的书——有一些是不适合当时的我，还有一些则不适合任何时候的我。后来我才发现，哪怕是一本好书，也不会对所有人都有启发，因为不同的作者彼此间差异太大。至于我怀有的要从阅读中得到启发的这种念头，本身也是一种功利的思想。我还要承认，虽然承认这点会显得我很愚蠢，但这是事实：当年我之所以强迫自己读完买来的书，部分也由于我觉得花钱买来的书假如不通读一遍的话，那花了的钱就相当于浪费了。

幻 灭

因为我是怀着逃避的动机开始写作的，所以在最初的阅读中，首先打动我的是美国二十世纪的一批偏写实的作家，比如海明威、塞林格、卡波特、耶茨等。在我看来，他们的作品都描写了自身的失落和失望，或者说一种幻灭的生命感受。他们都具有怀旧的特征——由于历史的进程或社会的发展或其他各种各样的原因，曾经塑造了他们精神内核的旧有价值已经被新的价值取代，他们因无法适应而变得痛苦、颓废、感伤或厌世。

对于耶茨来说，他感到幻灭的是一种有尊严且高雅的精神生活。在他的观念和意识里，那种生活已经不再被人尊重和追求，取而代之的是平庸和粗俗的中产生活。对于塞林格来说，他幻灭的对象是一种童稚的纯真。这种纯真洁净通透，不带任何先入之见，而成人的意识则充满了利益的算计和数不尽的偏见。塞林格显然觉得生命的可能性藏在孩子的那种纯真里，而不是在成人的那种复杂中。偏偏成人的那些特质粗鲁但坚固，蛮不讲理且侵略性强，而孩童的那些特质却敏感又易碎，根本无法存活在由成人主宰的世界里。

海明威的情况则稍有些特别：他的审美是古典式的，而且完全是阳刚的。他其实向往一种神话中属于众神的品格：强壮、勇敢、率性、正直，并富有冒险精神。而他的幻灭则来自人的局限性或现实的局限性——因为人并非无所不能，现实世界也不同于神话世界，所以他崇拜的那些神性在人的身上无法长久地保存。顺带一提，我从来没有喜欢过菲茨杰拉德，尽管他把继承自巴尔扎克的"幻灭"母题在美国文学中发扬光大，并影响了当时及之后的许多作家。我主要是不喜欢他对享乐主义和上流社会的入迷，以及对金钱和成功的看重，他描写的那种幻灭从来没有打动过我。

在把自己对上面三个作家的印象概括出来后，我发现他们的幻灭一定程度上是基于他们的理想，而不是他们的现实。换言之他们是为失去自己从未真实拥有过或接触过的事物而感到失落。同时他们都属于那类写作和生活高度统一的作家。这就是说，他们在现实中都或多或少地存在"不切实际"的方面。这带给我一个启示：个人的理想对于我感兴趣的写作内容来说至关重要。假如一个人没有理想，他甚至都没有什么可以幻灭的。

当然，我的实际情况正好相反：我已经感觉到一种失落，但还没能认识到这种失落的根由。原本我以为这种失落来自我年纪不小仍一事无成，来自我孤僻内向和容易放弃的性格，来自离我而去的女友和她离我而去的原因，来自在竞争激烈的个体生意中我置身其中的龌龊事端及承受的敌意和中伤……然而这些都只是表象，就好比一个没有见过烟花的人，只看到烟花在空中炸开时绽放的光点，是永远也辨认不出烟花的本体的。正好这时对几位美国作家的阅读和思考激活了我的意识，促使我去追溯自己的失落感的来源。继而我发现，我的失落感来自我童年时接受的家庭教育和父母对待我的方式——开始时他们努力地言传身教，让我以为社会就是他们眼中的样子，而不是它其实是的样子。我按照他们想象的那个社会来审视和要求自己、否定和约束自己，当我认识到这个社会的真实面貌时，我已经无法也不愿意接受它了。

不过，姑且不论我父母所相信的那种主张的来源和背后的用意，单单就他们想象的那个世界而言，其本身却十分公平和美好：每个人都恪守本分、自觉自律、尊重彼此、克己奉公；没有人会贪图不属于自己的东西，也没有人带着偏见、势利和歧视对待别人。至此我不无尴尬地发现，我向往的那个世界并非出自我的理想，而是来自外部的灌输。我其实是为一个谎言而不是为真实的事物感到幻灭——假如那可以被称为幻灭的话。不过我试着安慰自己：好的就是好的，无论它现不现实都是好的；对的也始终是对的，哪怕它是从一个坏人的口里说出来的，那也仍然是对的。

如今看来，我当年对那几位美国作家的喜爱，显然加入了一种反向的自我投射，即把自己想象成他们，然后用他们的眼光来审视自己的失落。借用一个人们常常使用的比喻就是：我用那些作家的瓶来装自己的酒。虽然我也不太清楚自己有些什么酒，但对于一个三十岁才开始写作的人来说，我起码不至于借了别人的瓶，还顺走别人的酒。假如连瓶带酒都是别人的，那写作在我看来就没有意义了，就像那种仿摹名画的装饰画。不过后来，我一定程度上改变了这种看法。因为我发现对于不同的写作者来说，情况并不完全一样，有时甚至非常不一样。比如有些我以为的小说内容，对某些作者来说却是小说形式；而有些我以为的小说形式，对某些作者来说却是小说内容。

有用的人

我的写作从一开始就包含了一种消化自己经历的目的。我希望通过写作达成对过去的释怀。那些经历在发生的时候，我是像囫囵吞枣一样咽下去的。然后它们就一直硌在我的胃肠里、卡在我的喉咙里。我要反刍这些经历，就得先把它们吐出来。当时我想写的是一种相对常见的叙事小说，有些类似塞林格和卡佛写的那种短篇故事，事实上他们就是我最初的模仿对象。可是我掌握的虚构手段非常有限，比如说，我没有能力凭空生产素材；我的主人公倒并不总是我的化身，但当他是我的化身时，我觉得自己写得更好——虽然我化身而成的主人公并不是真实的我，而是一个经过理想化的我。我在构思小说的时候，会想象自己身上的一些经历假如发生在我熟悉的另一个人身上，情形会是怎么样。或者反过来，把发生在别人身上的事情安在自己身上，然后进行推演。我也会把不同时期的经历合并起来，或者把连贯的经历拆散，抽取其中我需要的部分——事实上，上面两种方法我常常同时使用，即我也可以把自己不同时期的经历合并到一起，安在另一个人身上，或者把别人的某段经历拆开，抽取出一部分，用在自己身上。

我有时会原原本本地把亲身经历用于小说内容，有时也会改变其中的部分。比如说，我会尝试想象自己在某些经历中，假如做出了不同的反应或选择，事情会怎样演变。如果这种演变是有趣或有意味的，我就把它写下来。通常一个小说要由几个有趣或有意味的部分组成，这些组成部分合在一起产生的化学反应，被我理解为小说的意象。这种意象就是虚构的意义所在——因为现实只是真实的一次偶然成像，为了最大程度地触及包含了无数种现实可能性的真实，小说不能完全遵从、附就于现实。我经常听到人们发出这样的感慨：现实远比小说精彩。其实小说并不关心那些精彩，而是在尝试比现实更进一步地接近真实。平常的事物往往比戏剧化的事物更接近本真。

我如实地说出上面这些看法，是因为今天我对小说的认识已经迈过了这个层面，我不再觉得这些关于现实和真实的看法有多么重要或不可推翻了。可是当我还停留在这个层面时，我不敢把它们坦白地说出来，我害怕被人取笑和看不起，更害怕指导自己当下写作实践的认识被某些更高层面的认识否定，而我的实践能力又不足以回应那种否定，更不要说另起炉灶了。无论如何，承认自己的怯懦要比不承认自己的怯懦勇敢一点，哪怕我只是在承认自己过去的怯懦。

迄今为止，我父母没读过我写的任何东西，我也从没打算让他们读。这令我回想起一件往事：几年前的某一天，忘记为了什么，我在母亲的抽屉里找东西时，翻出了一本影评杂志的创刊号，这本杂志的发行日期在二〇〇五年的春节后。当时我在一家图书公司上班，在那个春节期间，我老板的一个朋友创办了这本刊物，打算在春节后立即发行首期。可是他甚至还没组建起一支编辑团队，我记得他手下只有一个兼职文编，这个文编提供了那期杂志的所有稿件，而且是在工余时间弄出来的。我了解这些是因为，有天我老板问我和另一个美编，春节期间有没有空去帮那本杂志排个版。后来我们去了，大约干了四五天，好像领到了一千块钱。

在翻出这本杂志前，我已经完全把这件事情忘了，对杂志的名字也没有印象，不过我还记得它的封面，毕竟那是我亲手做的，用了一张王菲在电影《大城小事》里的剧照。这期杂志的样刊连我都没有，因为它不是我们公司出的书，但它的版权页上有我的名字——我在自己公司做的所有书刊上都不署真名，反倒是这次去帮忙署了真名，因为我常用的那个假名放在自己公司的幼儿书上尚可接受，但对于一本影评杂志来说就显得太幼稚了。那个春节我去加班时，母亲曾向我打听过原因，我把这本刊物的名字告诉她了，我推测后来她大概专门去书报亭买到了这期杂志，而我在自己公司做的书却从没向她透露过。再说了，我们公司做的书发行得并不好，她就是去书报亭也未必能找到。

这本杂志直到今天仍躺在我母亲的抽屉里，我记得那天自己翻出这本杂志时，心就像被针刺了一般地痛。我感觉非常难过，但不完全清楚自己为什么难过。在当时的我看来，我做的那份图书公司的工作就像骗子一样龌龊，是最下贱的勾当，只有出卖灵魂的人才会去干。而那本影评杂志则像一只用过的一次性快餐盒，沾满了油污和泥垢，不但毫无价值，还要持续地污染这个世界。母亲却把它像宝贝一样藏在抽屉里，还一藏就十几年，仅仅因为上面印了我的名字——那是她帮我取的：在我的姓氏后面，第一个字是我出生的季节，第二个字是我出生城市的简称。多么工整！时间、地点、人物，要素齐备、无可挑剔、有依有据、中规中矩，谁也挑不出这个名字的毛病，因为它没有感情、没有喜恶、没有期许，有的只是铁一般的事实。她把我生到这个世界上，既没有经过思考和选择，也没有被人强迫，她自己都说不出来为什么要生我。或许直到看见为我取的名字被印到了杂志上，她才终于为生养我这件事感到一丝欣慰。因为，那说明我终于成了一个她希望我成为的"有用"的人。

3. 崇 高

患得患失几乎贯穿了我写作的头一两年，当时我的精神状态是不健康的，我把写作捧到一个很崇高和重要的位置，在我看来，和写作相比，其他的事情大多庸俗不堪。但那不是因为我真的认识到了写作的崇高性，而只是我在现实里吃了苦头、受了伤，疼得受不了了逃出来，然后回过头去诅咒现实、诅咒生活而已。

我向来都不是个自信的人，这不仅是在写作方面，但尤其是在写作方面。今天我倒是比十多年前自信了一点。但平心而论，今天我也比十多年前写得好了一点。有一件事情很奇怪：直到最近几年，无论写出了什么，我都觉得这是我在刚开始写作时就能写出来的；而我当年之所以没有写，只是因为没想到要写而已。这当然不是事实，否则就等于说，我的写作一直没有进步过。可是我尽管认识到这不是事实，却没有办法杜绝这种错觉。我会产生这种感觉，大概是因为我总是在写作中回顾自己早年的经历，或者追溯我身上一些特质的成因，而这些经历和成因都发生在我开始写作之前。甚至我对这些经历和成因的认识，也主要形成于我开始写作之前。我始终相信一个人本身是什么，他就能写出什么，因为艺术的根本在于人，而不在于技艺。这有点像米开朗基罗说过的：雕像本来就在石头里面，我只是把它释放出来。不过我大概忽略了，并不是每个雕刻家都能把雕像释放出来——毕竟囚禁着大卫的那块石头在交到米开朗基罗手上之前，已经有两位雕刻家做出过失败的尝试。

我还记得自己刚开始写作的时候，假如有人挑出我作品的毛病，我不但不觉得是一种挫折，相反倒觉得安慰。这就像我很清楚自己驾驶的船有破洞，但不知道窟窿在哪里，而别人帮我把窟窿指出来，我无论有没有办法修补，起码心不用再悬着了。哪怕最终我沉入海底，那也是死得明白。可是与此同时，有时我也会愤愤不平，因为别的一些为人称道的作品里存在的缺陷，在我的作品里并没有——我觉得人们没能指出我的闪光点，这对我不公平。我曾以为自己的写作永远就和那条破了洞的船一样，无非是看看能支撑多久才覆没而已。可是过了几天我又坚信自己是早晚要发光的金子,假如直到最后都没有发光,那也不过是所有人都瞎了狗眼罢了。像这种幼稚的患得患失几乎贯穿了我写作的头一两年,当时我的精神状态是不健康的,我把写作捧到一个很崇高和重要的位置,在我看来,和写作相比,其他的事情大多庸俗不堪。但那不是因为我真的认识到了写作的崇高性,而只是我在现实里吃了苦头、受了伤,疼得受不了了逃出来,然后回过头去诅咒现实、诅咒生活而已。从一开始我的写作就和生活就有所对立,我希望通过写作证明伤害了我的生活有多么空洞和丑陋,这些念头束缚了我,把我变成一头埋头舔舐伤口的困兽。有时候,当我比较放松的时候,我会短暂地从这些消极厌世的想法里逃逸出来。不过总的来说,我仍然是消极厌世的。

当然,生活中的问题要在生活中解决,写作不能解决生活中的问题。这个道理并不深奥,甚至在我开始写作之前,我就已经明白了。不过明白是一回事,行动又是另一回事,就像一栋大楼发生火灾时,有人会从高层跳下来,他们并不是不知道跳楼会死。我发现,自己的理性通常在为别人提意见,或就客观的事态发表观点时是正常的,而作用于自身时,它就像一个官僚系统里的基层人员,处处都要受到掣肘。当我短暂地摆脱了那些消极厌世的想法时，我很清楚自己这是在逃避；甚至当我受困于那些想法时，我也清楚自己是在逃避。可是我仍然只能逃避。

冷　淡

很快，我就在写作实践中，以及和其他写作者的对比中找到了自己的"缺点"。我发现自己一直都是以实用性的眼光，把语言看成是一种工具。我只关心诸如语词的含义、语法的正确、文体的规范等，但对语言本身包含的质感、温度、形象等很不敏感。我的感情不丰富，甚至可以说是贫瘠，我只有在看热血动漫时被感动哭过。但那些动漫感动我的地方，是里面角色身上的理想主义，比如崇高的献身精神、为追求梦想不惜代价、对同伴毫无保留的信任等，而不是对日常情感的抒发，或对逼仄现实的升华。当年我被困在自己的过往里，对现实、社会和人性都持反感态度，因为现实里很少有动漫里的那种纯粹性。可是我的爱和恨都不强烈，我找不到一种有力的形式去表现它们。而在阅读文学作品时，我对所有抒情性的修辞都缺少兴趣和耐心，遇到大段的抒情内容时会直接跳过。

我曾以为对于写作来说，感情冷淡是一种缺陷，但它其实只是一种特质。我真正的问题在于缺少耐心。我需要通过大量的写作建立自己的语感。一个写作者的生命感受往往直接体现在其语感里，它是人和技艺的结合统一；就像一个人说话的声音，是可以辨识的，是独一无二的。然而我反思得太多，实践却太少。当年我热衷于上网和人交流写作，可是对于交流所得我又无力消化。写作需要阅读，当然也需要交流，不过我不是个善于交流的人，当我和人面对面交谈时，我的精力主要放在保持气氛的融洽、规避冷场等方面。我喜欢唯唯诺诺、一团和气，不喜欢争论和追问。

庆幸的是还有互联网，当和人在网上交流时，我会假扮成另一个人——一个更大胆和诚实也更有尊严的人。我在一个文学论坛上贴出了自己的小说，同时也大量阅读别人的小说，然后和大家交换意见，这成了我的写作启蒙。不过当时我的写作还很稚嫩，我得到的启发主要来自别人的小说和他们之间的互评，而不是别人对我的小说提的意见。因为哪怕是一个天才评论家，也没有办法针对小学生的作文，提出什么令人耳目一新的精辟见解。当年我在网络上投入了很多时间，或许太多了，甚至比我花在写作上的还多。我平均每天也就写两三个小时，其余的时间都在读书和上网。尽管我对小说的认识确实在短期内增进了，但我的写作并没有变得更轻松，相反是更困难了。这种困难是复杂和多层面的，我发现自己对小说形式的认识越复杂和深入，在实践时就越难以下手。或许这就是人们常说的眼高手低，可是假如我想把一件事情做好，我的眼界确实就不能放低，除非选择自欺欺人，问题只在于我的动手能力如何跟上眼界，这对我来说真的很困难。

我试过抱着学习的心态，买回来一批文学期刊，结果发现上面有相当部分小说，并不如我以为的那么好。假如单从实践水平看，部分作者对小说的认识甚至不如当年的我。他们的小说里没有丝毫新的内容——他们关心的问题是大家都会关心的，他们关心的方式也是大家惯常的方式。这就是平庸——我这么说，没有刻意贬低，就像我也经常说自己平庸一样。我还发现很多作者描写的现实难以令人信服，他们笔下的人情世故就像电视剧里的表演一样，是过家家式的。他们对人心的了解非常表面，这在我看来比平庸更可怕。一个人对待生活不能做到真诚，他的生命感受必然是虚饰和雷同的。但写作必须刺穿这层虚饰，把真实的自己袒露出来。这只是第一步，但也是必不可少的一步，否则写作就无法深入到自身的独特性中。不过与此同时，尽管在我看来，这些作者在小说的审美上，在对生活的认识和感知上，充斥着陈腔俗调，或者浅薄表面，或者矫揉不实，但他们毕竟具备完成一个较大体量作品——尽管这些作品我认为没有价值——的能力，而这对我来说是非常吃力的。

一方面，我对自己的要求比这些作者对自己的高，或他们对自己的要求也很高，但不在写作方面。同时我对待审美比他们对待审美诚实，要不就是他们也很诚实但不是拿来对待审美。另一方面，我的实践经验和能力却远远不如他们。就是在这种高低差的撕扯下，我的写作遇到了很多难以克服的障碍和阻力。我写得很磨蹭，经常反复修改，有时一天才写几百字，第二天想接着写，却发现那几百字都不能要。饶是如此，我也从来没有写出过让自己满意的小说。在相对好的情况下，完成一个小说后，放几个月再读，我会觉得它不堪入目、一无是处。在相对差的情况下，甚至小说还没有写完，我就已经无法忍受了。即使最终强迫自己完成了它，我也没有勇气重读，因为我受不了那种打击。我会把它贴到论坛上，听听别人的意见。一般来说，别人会证明我的感觉没错：它确实很糟糕。

不过实事求是地说，当年我贴上论坛的小说，也得到过不少肯定和鼓励的意见，数量比我的水平理应得到的更多。可是别人的表扬并不能给予我很多动力，相反倒会增添我的焦虑。每当有人表扬我时，我会担心他们看走了眼，即事实上我不像他们以为的那么好；我更担心他们下次不再看走眼，也就是终于识破我的"真面目"，意识到我确实不像他们以为的那么好。表扬不能激励我，批评也同样不能，除非这种批评不仅是为了我个人好，而且是指责我损害了别人的利益或辜负了他人的期望。比如我在工作的时候，总是竭尽全力地做到上司的要求，以规避自己因犯错或拖后腿而受到批评，哪怕我做得好也完全没有嘉奖。但我缺少为自己争取的魄力，我不是个好胜心强的人，甚至习惯性地自暴自弃。当有人否定我的时候，那很少能激起我的潜能和斗志，促使我去证明对方是错的，相反倒会令我意志消沉。因此，我在写作上遇到过的最大困难，是如何获得激励和动力。有时候我会问自己，我到底在为谁而写？我看不到他们，他们也看不到我——假如"他们"确实存在的话。

宿命论

我在写作的开头几年，一直都想写一种现实题材的小说，这不仅因为我的写作动机来自过往的一些经历，我希望通过写作赋予那些经历意义；也因为我缺少一种天马行空的、非现实的想象力。我具有的想象力是建立在理性和逻辑的基础上的，我善于推演而不是凭空创造。可是最初我非常轻视自己的能力，我觉得别人具有的能力都比我具有的高等，我永远也写不出别人可以写出的那些小说。好几年后，我才渐渐意识到，其实别人也写不出我可以写出的那些小说。事实上，每个人都只能写好自己能写好的小说。如今我相信一种写作的宿命论：每个人的可能性都是既定的，我们只能不断地深入自己具有的可能性，但不能选择别的可能性。我当年总在琢磨别人的小说是怎么写出来的，却忽略了每个写作者的独特性。在我早年的习作里，恰恰是那些最没有野心和追求的，也不跟自己较劲、随性而放松地写出来的，反而更好。

有时候我觉得，自己就像没有读过小学和中学，却被直接送进了大学，我跟不上别人的水平，也听不懂别人的讨论。可要是让我回头从小学读起，我又死活不愿意，我原本就已经为自己起步晚而忧虑，这时更是恨不得直接去读博。当年论坛上有很多写作者喜欢法国的"新小说"，于是我也跟着大家读格里耶、西蒙、贝克特等。可是我读不出他们好在哪里，我只觉得他们的小说很枯燥，他们的作品里没有一种被我笼统地称为"灵魂"的东西，而这种东西在我之前喜欢的那些作家身上却非常耀眼。而且他们的小说没有故事，人物形象也很模糊，取而代之的是一道非常局限、充满不确定性的目光，及其所看到的不完整和意义不明的内容。他们的写作似乎有意识地从现实世界退回到现象世界，拒绝意义，拒绝思想，拒绝感情，故意消除了小说的人文属性——按照格里耶的说法，就是从主观现实回到客观现实，从人本主义回到物自体。他们的创作主张确实使小说的目的回归自身，即回到小说的形式里，而不是充当他物的载体，可是这样一来，写小说也就变得和任意一门技艺——譬如烹饪、园艺、驾驶、木工，等等——平起平坐了，而这和我心心念念的"写作的崇高性"似乎背道而驰。

在很长一个时期里，我根本读不进他们的书，尤其是贝克特的。在贝克特身上，我有过不少痛苦和挫折的阅读经验。我把他的书从头翻到尾，目光从一行行文字上扫过，几乎没有一个字我不认识，而且也不能说他表达得不清楚，事实上他表达得非常清楚，他的词汇一点都不生僻，他的句法非常简单，可我就是不知道他在写什么。我只是震惊于有人能写出这么多毫无意义的废话，而且这些废话竟然能构成一个整体。直到今天我都不觉得贝克特好读，不过我不再强迫自己从头读到尾。现在我经常读他，每次就随便翻几页，有时我会被他逗笑，有时也会被他感动，尽管不是热泪盈眶的那种感动。实际上贝克特非常人文，只是最初我没能读出来，他简直是一个人道主义作家。不过他关心的不是具体的某个时代或某个社会的问题，而是人在总体上的生存境况。今天我已经摒弃了"写作的崇高性"这种念头，我不再认为写好一篇文章比做好一道菜更容易或更重要；我只认为写作对我有一些特别的意义，那是别的事情无法给予的。

另一个对我影响深远的作家是卡夫卡，尽管我在二〇一〇年就读了他的全集，不过当时也是没有读懂。后来到了二〇一二年，我突然间读进去了。曾经我以为他是一个荒诞作家，毕竟这是个公认的看法。本雅明提到，卡夫卡的小说形式是一种取消了寓意的寓言体，他的小说世界是一个以官僚系统和神秘主义为焦点构成的椭圆。类似这样的见解对我很有启发，但那是种针对读者而不是写作者的启发，是关于卡夫卡写了些什么，而不是关于他怎么写出来的启发。作为写作者的那个我，这时仍理解不了卡夫卡，也无法从他身上获得任何养分。

后来有一天，我像是开了窍似的——那不是一种日渐加深的认识，而是突如其来的领悟。我发现卡夫卡不是什么荒诞作家,或者说他是不是荒诞作家丝毫不重要。他在构思和写作时并没有考虑过诸如荒诞这样的问题。他从来不是为了表现这个世界的荒诞而写作,他的写作灵感和动机也不是来自对荒诞的洞察。事实上他首先是一个文体家,其次可能是一个幽默作家——起码对我来说他是。他成熟期的小说是以一种类似俏皮话的语言形式组织起来的,只不过那是一种很特别的俏皮话,他的写作方法一般以句子为单位展开:从一句话引导出下一句话,从一个段落引导出下一个段落,重要的不是情节和人物,更不是人们津津乐道的隐喻,而是语言本身的趣味性、思辨性和流动性——这些既是他繁殖句子的养料,也是他本人感知世界的形式和特质。

由此我察觉到,对于写作来说,真正重要的是语言,而不是内容——一个写作者在语言上的表现形式,就是他对现实的感知形式。假如跳出写作的范畴,我们也可以引申到,听一个人如何说话,要比听他说了些什么,更能洞察他的本质。这些是作为写作者的我从卡夫卡身上得到的收获。其实贝克特的小说也是这么写出来的,只是贝克特走得更远:他尝试取消小说的内容,而只留下一个声音。我知道在小说方方面面的要素里,不同的作者可能看重不同的方面:有人重视故事,有人重视结构,有人重视语言……这个问题没有标准答案。艺术不需要标准答案，甚至艺术就是为了打破标准答案。这仅仅是我个人对写作的理解和偏好：一个作家首先应该是一个文体家，这既是写作这门技艺的根本，也是它的终极要求；而艺术正源自人与技艺的合而为一——是人的独特性赋予了技艺以独特性。

真　相

二〇一一年春节过后，我的存款已花掉近半，我必须考虑收入问题了。于是我从家里搬了出去，在女装批发市场旁边租了个十几平方米的小单间，一边写作，一边经营网店。我没有大量地囤货，因为我的资金有限，承担不起风险，我尽量卖出多少进多少。为此我要频繁地跑去批发市场，同时兼顾网店的客服和拍照上传新品等工作。我投入在写作上的时间大幅减少了，不过我没有为此感到忧虑。和一年半前相比，这时的我已看清了写作的"真相"。我仍然希望写出流传后世的作品，即作品在我死后仍被人阅读，给人以启发、鼓励和感动，就像我从自己敬爱的那些作家身上得到的一样，成为一种人类精神传承的组成，但我不再寄望于通过写作改变"命运"了。

我的小说也终于发表在文学期刊上了，但不是我的投稿被采用——我的投稿从来没收到过任何回复——而是有编辑主动向我要稿。我记得有一篇八千多字的小说，后来收到的稿费是两百多。即使是在二〇一一年，这也是一笔很小的钱。不过对于当年的我来说，别说还有两百多的稿费，就是让我倒贴两百多发表，可能我也要犹豫一下才能拒绝——当年的我实在太需要鼓励了。

到了二〇一二年，我感觉自己写作的动力消耗殆尽。我写不出能让自己满意的小说，而且对此丧失了信心。于是我又转头从生活方面想办法——当初我是因为在生活里碰了钉子才逃到写作里去的，这时我又因为在写作里碰了钉子而逃回生活中来。我认为自己躲在一个逼仄的小房间里，每天过得封闭、重复和单调，这不叫生活，而更像坐牢。我想到一个更广阔的空间中去，亲近生活、亲近自然，我觉得那会帮助我找回写作的动力，甚至让我的写作更进一步。具体而言，我想搬到一个陌生的城市，我喜欢新环境带来的新鲜感，这会令我的感受力焕然一新。我把这些想法告诉了画漫画的那个朋友，恰好他不久前去了一趟大理，对那里的环境和气候非常喜欢。他热情地向我推荐大理，还说自己将来也要搬过去；不过他并没有搬，直到今天，他都没有离开广州。

4. 在大理

　　在下关我不会碰到从前认识的人，而新认识的同事都不了解我，无论在物业部还是在烘焙店，我都是唯一的外省人。很快我就意识到并享受起这一点，身边的人都以为我身上某些奇怪的表现源自我原来的生活环境，而不是源自我自身。……在下关，我终于可以做到不在乎旁人的眼光了。

　　二〇一二年九月，我和另一个朋友结伴搬到了大理。这个朋友二〇〇四年时曾和我一起在北京画漫画，后来我回了广州，他则继续留在北京。我对他此后的情况并不很了解，就像他对我离开北京后回广州工作和赴南宁开店的经过也不太清楚一样。我只知道他在北京也上过一阵班，但没有上很久，后来他和另一个朋友开始接到一些插画业务，于是就再没上过班，成为自由职业者了。二〇一二年的大理还没有建机场，也没有通高铁，甚至从省外都没有直达的火车班次。当时我们约好了在昆明碰头，然后一起乘一趟夜班列车抵达大理下关。我还记得在昆明逗留的大半天里，我们逛了金马碧鸡坊和旁边的步行街，还在一家电影院里看了刚上映的《普罗米修斯》。

外省人

到了下关后，我们分开，各租了住处：我租的房子在下关一中对面、宁和巷的巷口，那是一栋本地人的五层宅子，房东住在顶层，我租了四楼的一个双单间。我朋友租的房子则在金星村，靠近兴盛桥南，是一栋村民自建房。他刚搬进去的时候，那栋房子还没有竣工，楼梯的护栏都还没装上。我的工作很快也找到了：在一座四层楼的商场里做物业。大约两个月后，人事部的经理好心地建议我转到商场自营的烘焙店做学徒，因为"工资都一样，但能学到点东西"，于是我又在烘焙店里上了几个月班。

下关是个很小的地方，经济比较落后，从我的住处步行到上班的商场只要十分钟。我的工资是一千五，房租则是每季度一千。之前在广州的两年多里，我耗费太多时间和精力在网络上了,这时我想远离网络,于是住处没有装宽带,需要上网的时候,我就去附近的网吧。至于写作,我放下了所有计划,每天只用手机记些笔记。我的工作很轻松,每天上八个小时班,每周休息一天,很少需要加班。不上班的时候,我就在屋子里读书,或者到处走走看看。

下关北临洱海,西依着苍山,被一条洱河分隔成南北两片城区,是我生活过的风景最漂亮的城市。我喜欢在住处周围散步,也喜欢骑车去稍远点的地方。我尤其喜欢在冬天的晚上散步,因为冬天的晚上街道上没有人。我就沿着随便一条马路走,遇到路口的时候,哪边人少我就往哪边拐。假如一条路走过几遍了,下次我就改走另一条。我喜欢走在陌生、无人的街道上,有时只是在路边的台阶上坐坐,静静地打量一会儿街景,就已觉得非常惬意。

在下关我不会碰到从前认识的人,而新认识的同事都不了解我,无论在物业部还是在烘焙店,我都是唯一的外省人。很快我就意识到并享受起这一点,身边的人都以为我身上某些奇怪的表现源自我原来的生活环境,而不是源自我自身。于是他们没有轻率地把我看作一个怪人,而是在脑子里琢磨着那个他们从没去过的省外地方,试图弄明白为什么眼前的这个外省人和自己有那么多不同之处。我当然不觉得自己奇怪，我无非是按照自己舒服的方式待人接物而已。在我出生、长大的城市，我却很难做到这一点，因为可以预见那会被人取笑或歧视。但是在下关，我终于可以做到不在乎旁人的眼光了，因为本地人大多并不见多识广，他们没有既有的标准评判像我这样的人，他们对我只怀有好奇和疑惑。这样的人际关系让我感觉放松、自由，内心也因此变得平静。

事实上，我并不反感人烟，我只是不喜欢被卷入复杂的人事，我不喜欢和人发生冲突，只喜欢置身事外地观看。从前我骑车长途旅行时，每到一个新的城市，我总是先去逛它的超市，看看当地都在卖些什么，哪怕最后我什么都没买，但光看看就是一种乐趣。我发现自己对古迹遗址好像缺少兴趣。我在北京前后共生活过四年，但从来没去看过长城。我对文物和艺术品展览的兴趣也不大，在没有人约我的情况下，我自己从没试过主动去看。我比较喜欢自然风光，也喜欢去一些没去过的城镇乡村，看看别人的生活场景和内容。比如早上到菜市场去，看里面人头攒动的情景，看新鲜饱满的各种肉类和蔬果，看琳琅满目的干货和调料，看老人和菜贩讨价还价……

不过，在一个地方待久了，我也会感到厌倦。比如在我出生的城市，我就没有兴趣一大早去逛菜市场——越是熟悉的地方我就越反感，这不全是因为我喜新厌旧。或许我习惯以一种消极的眼光看待事物：我以为这个世界很糟糕，我不想把一个地方看得太透彻。或许这种想法不无道理，但既然还要在这个世界待上一段时间，那么我起码应该尝试积极地看待这段旅程。可是看得越多、越深入，了解得越全面，我就越觉得失望。或许因为这个缘故，我在陌生的地方比在熟悉的地方更有安全感。晚上独自在洱海边散步，看到波光随着水面的起伏摇摆而闪烁不停，此时我想到，这些光点都只是短暂而个别地闪现，而那看不见的漆黑的湖水却是普遍和恒常的。

物　欲

曾经有一些人好奇地问我，为什么我的物欲那么低。其实我不是感觉不到匮乏，而是善于克服自己的匮乏感。或者也可以这么说：我很不善于满足自己，对我来说克服自己要比满足自己容易得多。在同龄人里，我好像很少碰到比我更无欲无求的人。尽管我不是真的无欲无求，而只是压抑了自己的欲求。无论我选择哪种方法，我最需要的是一种平和的心境，否则我就什么事情都做不了。我是个很容易焦虑的人，尤其是在人际交往中，当我感到焦虑的时候，生活就像变了质的食物一样，不但不能为我果腹，甚至还要带来痛楚。这算不算一种逃避？我觉得算。不过在必死的命运面前，谁又不是能逃一天算一天？如果我有永恒的生命，那么很多问题确实应该想办法解决掉。可是生命却有限而短暂，好比一个人只有一千块钱，却花了五百块买一只保险柜，只为了把自己的钱保管好，这么做划得来吗？

不过，一旦涉及划不划得来的考量，那就已经是在做出利害的计算，无论在过程中我有没有意识到，它都无关高尚纯洁或卑鄙猥琐——我之所以成为今天的我，只是因为我不断地在权衡付出和收益，并做出对自己来说划得来的选择。哪怕有些选择表面看来像是对我有害而不是有利，但实际都是我认为对自己有利的。正是这些选择一步步地塑造了我，使我变成了今天的样子。可是这个塑造的过程看起来倒像是在削减我，而不是在扩展我。或许这只是一种错觉？比如说，因为我渐渐看清楚了自己的可能性，所以我的可能性才显得越来越有限？换言之，早年的我只是还没有看清楚自己，才以为自己拥有无限广阔的天地？

关于自己的可能性，我想我确实可以做很多事情，大概能做到还行或不错的水平。但是要做到真正的好，做到独一无二的地步、自成一格的水平,那就必须要有一定的天分才行。或许我就连这样的一种天分也没有。这实在太可悲,当我察觉到自己的可悲时,才发现我原来也有过或许不切实际的志向。早年我对自己从事的工作不屑一顾,是因为我发现工作不需要我做得多么好,甚至常常不允许我做得太好,而只要求我迎合市场的需求。不过我就连这也没有做到过,因为我从来没有全心全意地投入工作中。我总是一边抗拒一边屈从,对自己做的事情嗤之以鼻;我很清楚哪怕我把工作做好了,也不会因此获得快乐和满足,更不要说成就感了。毕竟大多数工作都要求人嵌入社会,而不是成为其独特的自身;而人一旦嵌入到社会机器中,就成了一个可被替换的部件了。

曾经有很长一段时间,我不清楚该做什么才能获得快乐和满足,我不喜欢和人竞争,也不喜欢去争取个人的权益。早年的我甚至认为属于自己的东西都会有人主动给我,而所谓的争取不过是想僭占不属于自己的东西。尽管我的欲望水平比大多数人低,可我并没有像一般人以为的那样知足常乐。当我反思自己为什么不快乐时,我发现症结在于我既不甘于平凡,又怯于付诸行动。我害怕失败,害怕被取笑,害怕暴露自己的不自量力,可我又把那些换谁去做都一样的事情看得一文不值。

实际上我从没在自己身上发现过什么过人的才华，方方面面我都只是中等之资。我的智力中等，体魄也中等，从小到大无论学什么，我都不是学得最快的，但也不是学得最慢的；我既不属于学得特别好的那拨人，也不属于学得特别差的那拨人。不过，这倒不会妨碍我的追求，或者说不会妨碍我想象中的追求。因为我自小崇拜和渴望的并不是才华，而是英雄主义，甚至直到今天，我羡慕的都不是天才，而是那些被人永远铭记的英雄事迹的主人。因为天才往往自私，才华本身也是一种特权；而英雄却是无私的，他们把自己奉献给某种崇高的理想或正义。尽管后来我察觉到自己对天才和英雄的认识有多么肤浅，但建立在这种肤浅认识上的喜恶感却很难随着认识的刷新而改变。

使　命

记得在二十出头的时候，我曾经哀叹自己不幸地生在一个平庸的时代，年轻时的我渴望能亲身经历一些重大的事件，比如战争，比如革命——我渴望献身于某种崇高的事业，而不是在蝇营狗苟的世俗生活里庸碌地度过一生。

不过后来我认识到被卷入战争或革命里的人，最后十有八九都成了炮灰而不是英雄，不仅死得毫无价值，而且根本不会有人在意，更不用说被铭记了。进而我才认识到，我真正想要的其实不仅是成为英雄，而是实现一种崇高的人生价值并因此被人永远铭记。换言之，我渴望一种超越生命尺度的存在感，为了获得这种存在感我可能愿意舍弃生命。——我在这里加上"可能"，是因为我还没有证明过这一点，不能排除当机会——或者说考验——真的来临时，我会和大多数人一样，不过是个贪生怕死之徒；甚至还要更可耻，是一个自欺欺人的贪生怕死之徒。

我不知道自己有没有舍生取义的勇气，当我感到痛苦的时候，或人生在我看来已经无所谓的时候，死似乎显得并不可怕，相反倒有一些亲切。可是万一我过得快乐了呢，届时我还能说服自己所谓的快乐不过是一种肤浅和廉价的幻觉吗？我还能坚定地告诉自己，生命在本质上是痛苦和无望的，必须以一种强烈的乃至毁灭性的方式去回应它，才有可能超越那种痛苦和无望吗？问题是我这些绝望的想法又是从何而来的呢？是来自原生家庭淡薄的亲情和否定私欲的家教，还是我从小就痴迷的日本动漫？确实，在我喜欢的那些动漫里，生命意义的实现往往建立在不同程度的自我牺牲上。或者甚至说，付出的代价越惨重，回报就越丰厚。这时候付出和回报已经合而为一，甚至连结果都不再重要，因为付出本身就是回报，除此再无其他——这其实就是信仰。

从前我去西藏旅行的时候，也见过在路边磕长头的朝圣者，其中甚至不乏老年人。我看到他们每走三步，双手也要合十三次，然后跪下磕一个头，再五体投地，接着站起来，再走三步，如此周而复始地向前。我从网上了解到，他们这么做，并不是祈求神灵的回报，也不是为了赎罪。他们不考虑回报的问题，是因为他们视朝圣为目的，而不是手段。可是当我站在他们身边，目睹他们那颤颤巍巍的身体艰难而缓慢地一遍又一遍伏下再起来时，我的心情是复杂且难过的，甚至隐约有些生气——要知道看着别人糟蹋自己的身体可不是一件愉快的事情。他们的双手和双膝倒是都裹了自制的护具，或起码缠了一圈毛巾。可是在和地面不停碰撞和摩擦的作用下，那些护具大多已变得残破、脏污，这反倒更衬出他们形象的凄凉。

我觉得他们这么做没有丝毫实际的用处。可是尽管我是这么想的，但不知道为什么，我觉得他们的苦行里有一种摄人心魄的力量。他们把一组简单的动作重复了无数遍，这不仅不会带给他们什么好处，相反倒会造成伤害和损失，这已经不能用理性加以分析，而只能从感受性中获得启示。

恰恰因为他们这么做什么也不为，既不为实际利益，也不为弥补过错；不是为前世赎罪，也不为来世积德——他们这么做是因为他们认为生活的意义就在于做这些。正好我觉得自己的人生欠缺的就是意义，从懂事起我就渴望一种使命感，然而我找不到这种使命感；我不具备他们那种既狂热又冷酷的坚持，我对待自己可能也做不到像他们那么坚决。

意　义

我曾经向人请教过这个问题——那是在我还年轻的时候，当有了一定岁数后，再问这种问题会让人觉得尴尬——人活着到底是为了什么？我请教的对象是一个有丰富人生阅历、受人尊敬的长者。他笑着告诉我，是为了孝顺父母、养育子女，以及关爱社会。直到今天我仍然认为，他的智力和阅历都在我之上，可是听到他的答案后，我立即意识到他从来没有思考过这个问题，或是思考过但找不到答案，所以才拿这些片儿汤话敷衍我。他说的那些显然只是一些实现生活的手段，但不是生活的目的。

就我身边所见，人们的生活似乎就是追逐自己的欲望，或是躲避恐惧的事物，要不就是浑浑噩噩地遵从传统习俗或社会风气，我觉得那样的人生并没有比磕长头清醒到哪里去。可是一个人得把自己看得多么卑微，才会认为磕头可以使自己的人生获得意义啊，而我和那些朝圣者相比，又是多么地傲慢和自以为是。我认识的人也几乎都和我一样傲慢，而且大多还是骗子。大家从懂事时起就不断地欺骗自己，然后欺骗别人，接着欺骗自己的孩子，一代接一代地骗下去。我发现几乎所有人都有斯德哥尔摩综合征，大家都被欲望挟持而无法挣脱，转而把自己厌恶或认为丑陋的事情，甚至是连自己都不齿的事情，视为主动的追求。

有人一边唾骂社会规则，一边又绞尽脑汁地钻研这些规则，以图更好地融入其中。有人像打了鸡血一样面对生活，乐观积极地投入各种像吃屎一样的事情里——他们追求的真是他们想要的东西？他们难道比磕长头的朝圣者更忠于自己的本心？我得说我非常怀疑，尤其是在我知道了很多人从不思考这些问题之后。一个人完全可以在某些方面非常清醒和透彻，同时在另外一些方面非常盲目和无知。不过或许有人会指出：你说的这些并不新鲜，古希腊人在两千多年前就说过了，无非是站在理性的角度否定肉欲，否定本能，否定人的动物性；实际上人生根本不需要意义，只要尽情地追求快乐、规避痛苦就好了……

大约从我离开广州前不久,到我搬到下关的这个时期,我的阅读兴趣渐渐从二十世纪的美国作家转向了俄罗斯"黄金时代"的作家,尤其是屠格涅夫、陀思妥耶夫斯基、托尔斯泰和契诃夫这四位。如果说那些美国作家的写作主题是关于理想的失落,那么"黄金时代"的这四位作家则回到了一个更根本的母题:人应该如何以及为何而活。

今天我们绝大多数人,除非遭遇了重大的不幸,或者长期陷于困境不能自拔,否则几乎不会追问自己"人生意义"的问题。发达的物质文明为我们提供了种种满足个人欲望的通道,于是我们自然而然地认为,这些现实层面的满足就是人生的目的。可是"黄金时代"之前的俄罗斯人面临的生存条件要比我们今天面对的残酷得多,他们唯有从宗教里才能获得慰藉,于是这成为他们长久以来的精神支点:为了信仰而活。但是后来发端于欧洲的工业革命、法国大革命和启蒙运动等严重地削弱了宗教的权威性,到了十九世纪,即使在相对落后的俄罗斯,精英阶层也无法再把教条视为真理了。

在同一时期,西欧从殖民扩张中掠夺了财富和资本,从工业革命中产生了技术和资产阶级,从法国大革命中诞生了人权和民主思想,在启蒙运动中发展了文化和观念,所以西欧并没有因为宗教的式微而陷入精神危机，他们有繁荣兴盛的世俗文化作为替代。而俄罗斯却仍然是一个农奴制国家，既没有进入工业社会，也没有发展出资本主义；俄罗斯人仍然面对着亘古不变的苦难、不幸、恐惧和悲伤，他们的精神世界并没有发生根本的改变，唯一的变化就是宗教信仰这根支柱坍塌了。俄罗斯的知识分子，或深或浅都陷于信仰真空的精神危机里。他们就像是在动物园里长大的动物，突然有一天却被放回到野外，他们确实自由了，本性得到了解放，再也没有牢笼束缚和规限他们。可是他们并没有因此感到高兴或庆幸，因为在野外看似哪里都能去、什么都可以做，但他们不知道该做什么以及怎么做，更不知道风险和陷阱在哪里。或许宗教确实像一只牢笼，是囚禁人性的魔鬼，但那毕竟是他们熟悉的魔鬼，而虚无主义却是他们不熟悉的魔鬼。于是从屠格涅夫的《父与子》开始，到陀思妥耶夫斯基随后的一系列长篇，再到契诃夫中后期的短篇，都笼罩在这种俄罗斯的精神危机里。不过文学的价值不在于提出问题，更不在于解决问题，而在于个人独特的生命感受和表现形式的结合统一，以及由此产生的全新的表现力。这也就是说，文化背景并不是他们的写作内容，而是他们写作的养料和动力。

屠格涅夫是一个人道主义作家,他是理性和悲悯的,关心农奴的处境和社会改良,他渴望调解所有矛盾,消灭世上一切的不幸。他认为不同的价值主张可以找到共存的方法,所以他没有把巴扎罗夫塑造成一个反面人物——尽管他本人并不认同巴扎罗夫这类人。但或许他高估了人的善意和理性,在他身上我读到了失望,也读到了一种我熟悉的悲观和感伤。

陀思妥耶夫斯基则是一个极度自我中心和神经质的人,他似乎非常缺乏情绪控制力,精神总是从一个极端跳到另一个极端,但或许得益于这种性格特征,他比弗洛伊德更早洞察到人如何不受理智控制地被各种心理机制摆布。在《罪与罚》里,拉斯柯尔尼科夫的精神是分裂的,他既是一个虚无主义者,认为人可以不择手段,但又受到自己良心的审判,最后他从宗教思想中得到了解脱。到了《卡拉马佐夫兄弟》里,陀思妥耶夫斯基索性把自己身上分裂的精神倾向和价值主张分别安排到四兄弟身上。在陀思妥耶夫斯基身上,我读到一种永远迫切的危机感,他就像一个溺水者,不断地挣扎、寻求自救。他曾经在刑场上被吓破了胆,尽管最后关头被赦免了,但无疑留下了严重的心理阴影。此外他一直受到间歇性发作的癫痫的威胁,这令他对活着这件事感到提心吊胆。或许对他来说,生命如果缺少一种确定的意义，他就会因窒息而死。他比所有人更关心生存的精神依据，也比所有人都更焦虑和不安。

托尔斯泰也是个长期焦虑的人，他关心灵魂得救的问题，因为他很在意自己的罪愆。他无力在自己身上实现自己的道德理想，同时也做不到自欺欺人。他尽管出身贵族阶层，自己有土地和农奴，年轻时也风流快活过，但却为此承受了一生的精神折磨。在托尔斯泰身上，我读到一种激烈的灵欲交战：他对道德理想和纯洁的渴求，以及伴随一生的自我惩罚。

假如只让我说出一个最喜爱的作家，那么必定是安东·巴甫洛维奇·契诃夫。他给我的亲切感是最强烈的。哪怕在他写得不那么好的小说里，也一定会有深深打动我的地方。托尔斯泰曾经称赞契诃夫是一个地道的俄罗斯作家。照我对托尔斯泰的理解，这是他可以给出的最高评价。托尔斯泰一直把俄罗斯性视为一种神圣的精神归属。大概在契诃夫身上，他看到了代表俄罗斯性的品德：温和、谦卑、羞涩、克制、忍耐、善良、诚实、正直，等等（托尔斯泰推崇的俄罗斯性其实就是农民品性中好的一面）。契诃夫对目的缺失的感触也非常深，但他没有陀思妥耶夫斯基的那种执念。陀思妥耶夫斯基想要一个解脱——人要不从此可以无所顾忌，要不就重建一种信仰——所以他像一只热锅上的蚂蚁似的不停追问。相对而言，契诃夫的回应是消极的，他不执着于答案或出路，而是关心人在这种悬空状态下的精神境况。典型的契诃夫人物，常常是蓦然惊觉自己过的生活庸俗、可耻、虚伪、毫无意义，并且再也无法欺骗自己过下去了。可是有意义的生活是怎样的，他们又想象不出来。而别人过的生活，也和他们过的一样毫无目的。从前宗教为他们提供了一种人类共同理想或生命终极意义，如今他们觉得应该重新寻找这种东西。然而他们的目光放得太高和太远，导致对身边的现实都看不清楚，也顾不上看了。

我前文提到的所有作家，都曾经影响过我——不仅影响过我的写作，而且影响过我看待生活和自己的方式。我觉得写作和生活是一个人的精神的不同表现形式，它们应该是一体的。显然，尽管我喜欢的作家都写得很好，但不是每个写得好的作家我都喜欢。我会喜欢上某个作家，往往是因为我觉得通过读他可以帮助我更深入地认识自己。说回现实，我在下关大约上了半年班，自觉精神状态比离开广州时好了很多。到了二〇一三年三月，我又离开下关，去了上海。

5. 不打工，就写作

就这样过了一年，我又搬到了宾川，开了一个小吃店。这段日子我过得很快乐——不是兴高采烈的那种快乐，而是心平气和的那种快乐。不过偶尔我也会兴高采烈，比如有写作的朋友来找我玩的时候。这些朋友有的如今还在写，有的则已经不写了。截至现在，我还不认识光靠写作能养活自己的人，无论是网上还是网下，我一个都不认识。

谋　生

到了上海后，我先找了一份便利店的工作，但干了还不到十天，就被附近一家自行车店的老板挖了过去。在自行车店上班要比在便利店有趣，工资也更高，但工作时间比较长，每天在"996"的基础上还要加班。

最初的几个月我过得很愉快，店里的同事都很年轻，而且大多比较单纯，老板对我也很友好。当时我对竞技自行车一点也不懂，但他们都无私和耐心地指点我，老板还送我到我们品牌在张江高科的总部参加培训。不过蜜月期总是短暂的，从一开始我就发现，我的同事们都对老板很不满。我的老板其实才接手这个店不久，她刚辞了外企的工作，全心来打理自己投资的店。她曾经告诉我，当时我们品牌的所有加盟店，只有她一家是投资人亲自经营的。或许老板和员工一起干活儿就容易出问题，而且她真正擅长的其实是销售工作，在竞技自行车方面不具有专业技能，对于如何运营一个门店也并无经验和心得。她的一些做法其实挫伤了员工的积极性，但她好像并不清楚，或清楚但控制不住自己。于是她请来的员工都干不长久。而且越到后来，她能请到的员工素质越低。我或许是所有同事里对此最无动于衷的，因为我曾经和像她这样的老板打过交道，在这方面我比较有经验。此外我在找工作这件事上不像他们有那么多选择，所以倒并不觉得这个老板太难相处。

我的同事在几个月内换了一茬又一茬，很快我变成了店里入职时间最长的全职员工。原本我还是个新人时，肩上没有什么责任，加上竭力避免卷入双方的矛盾，日子过得还算轻松。可是当我摇身一变成为"老员工"后，新来的同事认为我和他们利益一致，理应代表大家向老板争取权益，因为老板相对而言最听得进我的话。而老板又希望我和她站在一边，以"老员工"的身份带领新同事，她甚至征求过我的意见，想把我升为见习店长，方便我管束新同事。这个提议我连忙拒绝了，不过到了这个时候，我已经没有办法置身事外，其间发生的很多事情，令我感到来自两边的压力越来越大。或许换了别人，这些都算不了什么，但我无法适应，非常难受。我不想辜负同事，也不想辜负老板，可他们就是不能和睦相处，我无论如何都得得罪一方。不久后我辞了这份工作，又只身回到了下关，这时是二〇一四年五月。

这次在上海我总共待了十三个月，对上海的总体印象很好。我在上海遇到的人也都很好，包括我的老板和同事，他们对我都不错，但他们对待彼此却不太好。一方面，我的老板对待我和对待其他同事是一样的，只是她的某些做法在我看来还可以接受——虽然也并不好受——而我的同事却都接受不了。另一方面，我的同事对待我和对待老板的态度却截然不同，毕竟在一个强势的老板面前，打工者之间经常会有一种同仇敌忾的情谊：他们把我看作自己人，而把老板看作是我们为了谋生不得不忍受的对象。不过说到底，他们并不缺少谋生的手段，或起码不像我那么缺少。

老好人

原本我也曾想过，在这家店多留一些时间，比如待上三五年，攒一些钱后再回云南，可是最后我只做了十三个月，这一切都像在重复我过往的经历——在这之前我已经做过十几份工作，没有一份能做得长久。那些工作有的本身就属于临时性质，但更多是因为我对人和人之间无法避免的纷争感到厌恶和怯惧。我在南宁的女装店里倒是待了两年多，但那只是因为我投了钱，不得不硬着头皮扛下去，结果到我后来离开南宁时，我发现社交恐惧症的大多数症状在我身上都出现了。我的写作就是从离开南宁后开始的，这也就是说，我刚开始写作的时候，精神状态并不健康，这从我早年写的小说里就可以读出来。

不过，因为当年有论坛上的朋友提醒，我很快就意识到了这点。继而我感到强烈的羞耻——不是挫败，而是羞耻；我对成败并无执念，但对荣辱却有着病态的敏感。有时候我会把自己能力上的缺陷理解为品性上的缺陷。我曾经希望自己那些不成熟的少作从这个世界上消失，或不能消失的话，起码也不要再和我扯上关系；我也常常幻想自己像一张白纸一样重新开始。这些念头从我二〇一二年停笔离开广州前已出现，直到最近几年才渐渐消散。今天的我比过去几年更能包容自己早年的那些小说，因为我不再把写作看得那么崇高，也不再对自己报以不切实际的预期了。再说那些小说也并非写得一无是处——在一些重要的方面，我是诚实和认真的，只有处在当年的那种精神状态下，我才会写出那样的小说，今天的我就是想写也写不出来了，因为今天的我看待生活和看待自己的眼光已经改变。

如今我觉得写诗要比写小说纯粹，或者更容易做到纯粹，尽管我没有写过诗，暂时也没有写诗的冲动。我发现很多诗人写诗完全是有感而发，除此别无他图。而写小说的话，因为要处理更多方面的要素，完成一个作品用时也更长，在构思和写作的过程中，受到的干扰和诱惑也更多，也更难保持写作的诚实。我希望自己的写作像花开雪落，自然而然，不为别的目的，只为写出时的满足和愉悦。我更希望自己写下的每个句子和每个词，都落地生根，扎扎实实，不浮不饰。虽然上面说的这些我从来没有做到过，或许将来也很难完全做到，但这永远是我对自己的要求，是我完善自己、完善写作的方向。

在自行车店上班的一年多里，我经常思考一个问题：人为什么总要斗来斗去，为什么不能互相体谅、互相尊重、和睦相处。这些内容我另外写过一篇单独的记叙文，在此不做探讨。我纠结于这个问题，自然是因为同事和老板间的斗争仿佛永无止境。当然，答案很简单：主要是因为利益。可是我尝试站在每个人的角度看，他们的做法似乎都有合理的解释。我发现人只要有私欲，就很难不露出丑态。可是也不能因此就否定私欲、压抑私欲，这不仅做不到，也没必要做到，因为那会背离人性。假如既要满足自己，又不损害别人，或者既做到诚实，又不被人讨厌，像这样的事情我从来没有做到过，也没看到有人做到过。我想除非是在一场压倒一切的战争里，除了战胜敌人就再无生路了，那么人和人才有可能真正地团结起来。

我辞掉自行车店这份工作，以及比原计划更早地离开上海，主要就是因为我不懂如何避免卷入人事的纷争，这份工作本身对我是有吸引力的，或许虚伪才是这个社会必不可少的润滑剂。别的不说，起码我就经常虚伪，客观地说我是个老好人，我谁都不想得罪，这自然少不了要成天说违心话。不过我的虚伪往往是被动和防御性的，我并不想获得什么，而只是想保护自己或逃避困难。但我受不了主动和进取性的虚伪，这类人是我的天敌，我不具有和他们周旋的能力。所幸的是，这类人大多不会在我身上浪费时间，因为我身上没有他们想要的东西。

从二〇一二年九月离开广州，到二〇一四年五月回到下关，这个时期我基本把写作搁下了。甚至在上海的一年多里，我连阅读都停止了，因为工作每天要占用我十几个小时，为了熟悉业务，下班后我还经常去骑车。哪怕在自行车店上班并不枯燥乏味，但高强度的工作仍令我感到身心疲惫，店里一言难尽的气氛更是压得我喘不过气来，于是在工余时间我根本就读不进书，也没有心情读书。当时我选择用慢跑来纾解郁闷，运动可以刺激我的内分泌，使我振作和愉快起来，而且它是免费的。

如今回想起来，当年我并没有因为停止了写作而感到焦虑，甚至都没有计划过何时重新动笔。由此可见，那时候的我已经没有了所谓的写作追求。在对待人生这件事上，我就是人们常说的那种"用战术上的勤奋掩盖战略上的懒惰"的人。我没有考虑过战略，是因为我的人生本来就目的不明；既然没有目的，战略就无从设立。我没有什么很想做成的事情，也没有什么很想得到的东西。如前文所述，从小我的父母就没给过我压力，他们从没鼓励我去追求，包括没要求我努力赚钱。我们一家在广州没有亲戚朋友，因此也就没有攀比的心理。他们从不和我讨论我的前途，或为我出谋划策之类的。相反，他们长年累月孜孜不倦地向我灌输道德训诫。在他们的观念里，最重要的事情不是满足自己，而是服从和不犯错，甚至连追求私欲都是可耻的。我记得在九十年代，他们在家里谈到单位有人下海或炒股时，那种语气和神情就像在谈论"世风日下，人心不古"。

爱情与软弱

我这辈子从没在经济上宽裕过，但我从没因此感到自己不幸。当然，我也没有感到幸福。我好像对此麻木不仁，缺乏那种我在旁人身上经常能观察到的对幸福和不幸的敏锐反应。我也不清楚爱情是什么，在自己身上，我只能感觉到由内分泌驱使的生理冲动。而且我看到，除了人类以外，其他动物都不具有爱情。我们那些长着一张和猩猩相似的脸、身上披着厚厚的毛发的远古祖先也没有爱情。有的动物有固定的伴侣，但那不是爱情，而是繁衍策略使然。那么爱情到底是从什么时候、从哪里冒出来的啊？我的看法是，爱情是文明的产物，但不是进化的产物。它是观念性的，而不是生理性的。我知道会有人不认同我的看法，因为有的人确实感觉到自己和伴侣之间存在一种特殊的感情。但是起码就我个人而言，譬如我有一把喜欢的菜刀，我用它用了很长时间，对它的一切已无比熟悉，乃至于我握着它的时候，它就像是我身体的一部分，我用它做菜到了得心应手的地步，那么我也会对它产生一种特殊的感情，我会觉得它不可替代，假如不幸失去了它，我会非常难过且无法适应。至于婚姻，它规定了法律层面的权利和义务；它很有用，但也仅仅是有用。众所周知，有用的事物是没有灵魂的。

我看到，从生理冲动到爱情再到结婚，就好比"失道而后德，失德而后仁"，而离婚好比"失仁而后义"，不过这仍然比两个互相讨厌的人勉强凑在一起过日子好。以上主要是我从普遍观察中得到的认识，但不是我个人的生活实践。我会被所有长得好看的异性吸引，哪怕只是在大街上迎面走过的；我也会被网上没有见过面但才智或性情出众的异性吸引。但是不能和她们认识，我也没觉得十分遗憾。这辈子吸引过我的异性何止千万，我哪怕穷尽一生，又能满足自己几分之几？而那千万分之几的满足，价值终究微乎其微。人的欲望无穷无尽，遗憾本来就占绝大多数，我不过是从小接受和适应了这一点而已。当然这有可能仍是一种心理防御机制，即我在潜意识里认定自己的追求会落空和失败，因此就习惯了主动放弃，以规避那些落空和失败带来的创伤。

哪怕是我认识到这一点，但心理机制是自发的，不受我的理智控制，我不懂得如何矫正它。而且真的有必要矫正吗？人的心理防御机制，难道不是一种抗体，而是一种疾病？我知道有人不会对这些感兴趣，他们认为这是逃避和软弱——这确实是逃避和软弱——出于对我的关心，曾有人善意地劝我：从你的安全区里走出来，勇敢地去追求，勇敢地享受成功，并勇敢地承受失败和痛苦，如此一生才会无悔无怨。可是，现在我好像也无悔无怨，那何必还要折腾一番？当然除非是我抱怨了，可是我没有抱怨。我不清楚那些人是否比我更幸福，但他们确实在精神上比我更强健。不过我不太确定，强健和羸弱究竟是一种优和劣的关系，还是仅仅是两种平等但不同的特质。

我认识一些渴望成功的写作者，也听说有些写作者就是想不做成任何事情。在感情和喜恶上，我更亲近于后者，因为前者似乎既迂腐又功利，哪怕他们是很好的人，对待朋友慷慨宽厚，对待社会守法负责，但这终究是一种狭隘。何况成功的标准外在于创作，一个写作者追求成功，往往意味着把自己的创作标准置于成功标准之下。不过假如想深一层，标榜对成功的反动其实也没有超脱于成功的迷思，否则人就理应既不渴望成功，也不反感成功；或既不刻意失败，也不逃避失败才对。说回我自己，我也做不到完全无视成败，但我确实一年比一年更不在乎成败。此外我其实也很迂腐，但我的迂腐和渴望成功的那种不是同一种。

因为内向和自卑，我不敢主动交朋友，我在写作方面的朋友，全部是对方先联系我，没有一个是我主动结识的，因此我的朋友非常少。而且和这些朋友保持联系对我来说也是一种负担：我越是重视对方，就越是表现得拘谨。有时仅仅是回复一条简单的问候微信，我都要犹豫再三，琢磨好几个小时——甚至试过要隔一天才能回复。我一直被一种病态的羞耻感困扰：我极其介意别人对我的看法，这令我无法放松地与人交往。不过在面对我不那么认同或在乎的人时，我感觉就轻松多了。因此我宁愿亲近工作中认识的同事，和他们打交道我没有压力，我不在乎他们怎么看我，他们对我的负面看法伤害不到我。

一定程度上，我选择以写作来表达，也是因为我仍然渴望真正的交流。写作不需要我即时地做出反应，它也不是一对一的形式，我甚至都见不到我的读者。在写作中，我反正一鼓作气地把内心想要表达的都表达了，至于读到的人会如何看我，那已经与我无关。这就像我在阅读的时候，进入我喜欢的那些作家的内心，并被他们打动一样。哪怕是有机会，我也不想和卡夫卡共进晚餐，不想陪托尔斯泰喝茶，不想跟塞林格在山道上偶遇，甚至不想在莫斯科艺术剧院里坐在契诃夫的身边一起观看他的《海鸥》上演。我喜欢他们，但正因为喜欢，我不想接近他们。我想一定有人能理解我。

三个时期

今天，在我写下这些的时候，时间已经来到二〇二三年一月。从我二〇〇九年十月开始写作至今，已经进入了第十四个年头。在这十三年多里，我经营过两次网店，开过一次小吃店，还从事过五份职业，这些是我的营生。而我的写作因此被分割成三个时期。第一段大约是从二〇〇九年十月到二〇一二年九月，这个时期我身在广州，不过到二〇一一年春节后，我其实已经把主要精力投入网店。第二段是从二〇一四年下半年到二〇一五年底，这个时期我在下关和宾川生活，摆过地摊也开过店。第三段则是从二〇二〇年初至今，我先是在北京经历了疫情防控的初始阶段，然后在二〇二一年九月移居到成都。

至今为止我从没试过同时兼顾工作和写作，因为受限于能力、经验和学历等，我只能找到工作时间很长的职业。

比如我在上海的自行车店，以及后来在物流行业的几份工作，每周的工时都在七八十个小时以上。而我不是个善于管理时间的人，不过时间管理还不是主要的难题；难题是当我有一份工作的时候，或许我的性格、观念、意识等和大多数同事、客户差异较大——也可能和这些都无关，仅仅是人和人相处本身就是种互相折磨。

别人的情况我不清楚，反正我的情况是，我在工作中三天两头都会遭遇难受的事情。当然我会克制自己，不让情绪发作出来，这并不难做到，但是那些情绪并没有凭空消失，而是持续到下班之后仍影响着我。写作毕竟和跑步不一样，跑步可以作为一种宣泄——心里有情绪，跑起来反而有劲，跑完后感觉更爽——写作却需要一种稳定和专注的精神状态。在上班的日子里，我每天情绪都在波动，这种波动不仅反映在程度方面，也反映在性质方面。在浮躁的状态下写作本身就会干扰语感，而每天带着波动的情绪写作更是令这种干扰变得随机且混乱。

二〇一四年再回到下关，我换了一个住处——二〇一二年初次到下关时，我租住在洱河南边的城区中心，这次则租住在洱河北边的大关邑村。最初我想开一个卖零食的小店，可是没能找到合适的铺面；后来我放弃了这个主意，改为在下关摆地摊卖文具。就这样过了一年，我又搬到了宾川，开了一个小吃店。这段日子我过得很快乐——不是兴高采烈的那种快乐，而是心平气和的那种快乐。不过偶尔我也会兴高采烈，比如有写作的朋友来找我玩的时候。这些朋友有的如今还在写，有的则已经不写了。截至现在，我还不认识光靠写作能养活自己的人，无论是网上还是网下，我一个都不认识。我的朋友都有各自的工作，我和他们见面时也不谈写作，我觉得当着朋友的面谈自己的小说是一件难为情的事，我的朋友们好像也都这么认为。一般我们写好了就发到网上，彼此想读就读，不想读就不读，并不勉强别人和自己。

不久后，我就开始写起来了，这不是出于我的写作计划——我没有拟定任何计划——只是每当脑子里出现一个想法，我就赶紧记下来而已。这时的我不再在电脑里写，而是改在手机上写了。我觉得用笔记本电脑太庄重，当我在工作桌前正襟危坐时，我的语气或多或少会变得严肃和老气横秋。用手机则轻松随意得多，我随时随地都可以写上几句，比如边摆地摊边写，甚至边走路边写，我发现自己的语感因此变得更活泼和开朗。我也确实写得很随意，篇幅比早几年写的短得多，也不求文章的结构精巧和完整。我写下的也不再是早年那种写实的故事，倒更像是一些臆想或妄想。此时我身上的写作抱负好像消失了，写作变成了自娱自乐；也可能是我意识到那种抱负背离我的初衷，而且不切实际。

如今回过头来看，我才意识到自己的三个写作时期有多么不同。在心态上，第一个时期我刚从南宁逃回广州，当时我既焦虑又彷徨，甚至于悲观厌世。这段日子我过得很压抑，精神状态并不健康，我对写作的投入，很大程度上出于对现实的厌恶。第二个时期开始的时候，虽然我刚从上海逃回下关，但这时的我已经接受了自己的样子，对于未来也不再那么在乎了。当时我只想过得开心点，同时不损害别人就好，我也确实做到了。这时写作对我来说的确接近于自娱自乐，既没有什么压力，也没有什么追求。第三个时期则从二〇二〇年年初开始，当时我身在北京，刚被任职的快递公司遣散，恰好又碰上新冠疫情暴发，社会上人心惶惶。我决定先不找工作，抓紧机会写些东西再说。

而在写作的内容和风格上，第一个时期我是"现实主义"的忠实信徒，认为写小说就是求真——因为真包含现实，且大于现实，现实是对真的断章取义。第二个时期我的阅读量增加了，眼界也开阔了，对写作有了新的认识和思考。我开始尝试以非现实的情节还原现实经验，不过并没总结出什么方法，而是更多地依赖于灵感。于是我写得并不多，而且断断续续。此外我迷上了幽默化的表达：我要逗自己开心，也想逗别人开心，这成了我全新的写作动力——我甚至想从一切乏善可陈的事物里发掘出有趣好笑的一面。第三个时期，我的写作完全是无心插柳，因为一个偶然的原因，我意外获得了大量关注，接着有了一些发表和出版的机会，于是我开始尝试写自己的回忆反思录，并且一直持续至二〇二三年，关于这些，我打算留到后文讲述。

有一点我应该承认，事实上我也是直到最近才察觉：我在三个写作时期开始前，手头恰好都有一笔钱。二〇〇九年，我拿着开女装店挣的六万多；二〇一四年，我在上海打工攒了五万左右；二〇二〇年，我任职的快递公司解散，我拿到了一笔补偿，加上攒下的工资，银行卡里总共有十万多。这么看来，似乎只要有了一点钱，我很快就不想继续上班了，而一旦不上班，我自然而然地就会想要写些什么。

除此以外，我也不是个目标清晰、意志坚定的人。假如今天我写下的这些让人觉得比较清晰和坚定，那也是因为时间的堆叠把其中的褶皱都压成了实心。二〇二三年有一位文学编辑联系上我，她让我把自己的小说发给她看，我挑选了一些发给她。因为我发给她的文档都标记了写作年份，于是在电话里，她反复问我为什么后来写的小说和早期写的截然不同。她认为我在第一个时期写出的小说具有出版价值，她已经准备好拟我的出版合同了，但接着她读到我后来写的那些，按照她委婉的说法是，"在我任职的出版社不太可能出"。

和陌生人通电话对我来说向来是恐怖的，我几乎是绷紧神经地回答了她的追问。直到这时我才突然意识到——从前我没有考虑过这个问题——假如我在第一个时期获得更多发表和出版的机会、我领取的稿费能够养活自己，并且从读者处得到的反馈也给予我足够的信心和鼓舞，那么我很可能会照着当时的路子写下去，这就是人们说的"正向激励"。我会尝试总结自己被人认可的小说为什么会被认可，然后不断复制那些"成功"的元素。在持续的实践中，我的能力会有所精进，我可能会写得更娴熟，作品的完成度更高，这就是熟能生巧。然而由于我的起点和天赋太低，或者太缺乏耐心，这种情形并没有发生——我从来没有"成功"过，自然也没有"成功"的元素可以复制。更糟糕的是，因为缺少激励，我的写作动力很快就耗光了。

这或许是不幸吧，但也有幸运的一面：对我的写作来说，熟能生巧并不总是一件好事。熟练确实可以带来效率，有时还可以推动写作的深入，因为这时技术上的困难减少了。但那往往是一种封闭性的深入，而不是一种开放性的深入。一般情况下，技艺越是纯熟，"沉没成本"就越高，人就越不愿反省，也越难以革新自己。这还是相对好的情形，更糟糕的情形，是把自我重复视为一条"捷径"，在不断的克隆中丧失掉基因的多样性——这也就是说，丧失了创作的生命力和可能性。

扪心自问，假如有人为我提供回报，也有人为我的作品喝彩，那我的写作完全有可能误入"歧途"——当年的我并不具有足够的清醒和定力。人在得意时会更有干劲，但在失意时才更清醒。无论如何，我已经走到今天，我珍惜曾走过的路，也满足于得到的一切：和当年的自己相比，今天的我眼界更开阔，内心也更丰富、更有层次。

6. 出　路

从前当我的视野局限在逼仄的现实中时，我经常觉得自己的人生没有出路，哪怕我开始写作也是为了逃避，而不是出于多么深刻的精神追求。可是在论坛上，从大家对待写作的那种认真、严肃和重视的态度里，我察觉到人生在现实的维度之上，还有更重要的一重审美的维度。审美也不是吃饱穿暖之后的附加精神需要，而是可以成为人观照自身、厘正自我存在的目标和实现生命意义的途径。

事实上，我认识的写作者里，很少有持续从外部获得写作动力的，不仅因为文学如今已经失去大部分读者，甚至文字载体本身都被新的内容载体挤到了边缘。比如我之前在物流行业的同事，他们大多闲下来就刷刷短视频，或打几局游戏，我从没见过他们中的任何一人出于精神需要而进行阅读。在和他们共事的时候，我也几乎不阅读。我还认识中文系毕业但工作后再没读过文学的人。因此相比于外部的诱惑，我的写作更应该警惕内在的诱惑。假如我的写作完全沦为自我满足和一吐为快，那么这种满足和快感就会成为塞壬的歌声，这样的写作恐怕离覆没也不远了——除非是完全不考虑交流，就像日记一样写好锁在抽屉里，到死都不给人看。

但我的写作是渴望交流的，哪怕单向交流也是一种交流。我希望被人读到、理解以及喜欢。这一定程度上是由于我需要社交又害怕社交，我把无法从社交中得到的满足投射到写作里，然后通过写作的形式寻求满足。这也可以解释为什么当我有工作的时候，我动笔的欲望就不如我没有工作的时候强烈，因为我在工作中每天要跟同事和客户打交道，哪怕这些交流就像零食而不是主粮，不能给我提供什么营养，但起码消灭了我的饥饿感。但在没有工作的日子，我却总是独自待着，如非必要就不见人。

黑蓝论坛

从二〇一一年中，到二〇一八年三月，在这近八年的时间里，我都是独自一人居住，从一个出租屋搬到另一个出租屋，从一个城市搬到另一个城市。相比我认识的大多数人，我算是很耐得住寂寞了，我说的寂寞不是形而上的那种，而就是指长期形单影只的状态。就像骆驼尽管很耐渴，但也不是不需要喝水，我同样也有社交的欲望，只是这种欲望被我转化为了写作欲。然而我既要从自身内部汲取动力，或者说把内心的倾诉欲转化为写作行为，同时又不能使写作囿于一种自矜自怜、孤芳自赏式的意淫，这非得十分清醒和自省才有可能做到。我是一个自我意识过剩的人，像我这样的写作者往往喜欢写自己，而在写自己的时候又很容易沉溺，以至于对我来说，只有迈过了这道坎，才算是脱离了文学爱好者的范畴，进入写作者的阶段。

所幸，我当年从黑蓝文学论坛上得到过很多启发和提点，而这使我从一开始就对写作有了比较清晰的认识。我觉得就像人的性格成型于童年期一样，一个写作者的格调也定型于其写作之初读的书和交流的对象。前文我回忆了自己早年读过的书，以及从中受到的触动和启发等，现在再说说当年我在论坛上与人交流所受到的影响。

我是二〇一〇年一月注册黑蓝论坛的，和很多刚开始写作的人一样，当时我非常渴望和人交流，我希望听听别人对我的小说有什么看法，而在我上过的文学论坛里，只有黑蓝论坛的用户（大多也是写作者）会对别人的作品提出中肯的意见。尽管这些意见往往不留情面，通常并不顾及作者的感受，但这就是黑蓝论坛的交流风格：认真、直率、尖锐。无论这些回帖和评论说得对还是不对，大家显然是较真的，不是在和稀泥，更不是在广结善缘、培养人脉。论坛上没有人会在别人的小说后面回复"拜读××老师佳作"之类的客套话。当时论坛上有一批水平高、心气也高的核心作者，他们在写作上有很强的精英意识，对待庸俗和陈腐很少怜悯，是他们为论坛确立了一种严肃的讨论氛围。

或许这就是物以类聚、人以群分吧，反正我喜欢这种较真的交流环境，在我观察过的文学论坛里，黑蓝论坛是唯一可以在写作上给予我启发的。尽管当时我的实践和认识水平都很低，远远落后于论坛上的大多数作者，但我还是可以从别人的讨论中获益——因为我看到这里有人讲真话，他们不怕得罪人，哪怕其中难免夹杂一些偏颇之言，甚至有时也会文人相轻，但毕竟针对文本的讨论占了多数，而这已经比一团和气好上千万倍。在一个一团和气的地方，除了学会讲片儿汤话外，我什么都不会学到。

就是在这个我刚开始写作的关键时期，黑蓝论坛的那种精英式的写作自觉意识、对待审美严肃和诚实的态度、对真诚近乎苛刻的要求等，都不知不觉地烙在了我的精神里。这不仅影响了我的写作，而且影响了我对生活的态度和感知形式。似乎在此之前，有一种我自己也不知道如何形成的创作伦理，把我的写作和我本人捆绑在了一起。我发现自己唯一可以创造的作品就只有自己，而我写出的小说，则只是我的自我的一种投射形式。尽管我完全认同，评价一篇小说的好坏，不需要考察它的作者，作品本身就可以提供答案。但这是因为作品中已经包含了作者，就像作者身上也包含了作品一样。

在小说写作中，虚构是针对方法和手段，而诚实针对的是审美主体，即创作者本人。一个小说作者对待写作不诚实，他的作品就会"假"，这种"假"不是指内容的虚构，而是体现为煽情、矫饰、空洞或油滑等特征。总而言之，要把小说写得更好，首先要做的就是发展自己。比如说，通过不断的自我审视和反思，深入到自己的本质性中——自己原本是什么，就要更加地成为什么——去成为一个更真实、纯粹和彻底的自己。这当然不会一蹴而就，甚至永远也不会有结果，而是一直处在过程之中。

当然我也看到，论坛上的交流对每个写作者施加的影响是不同的，因为大家在上论坛之前都不是一张白纸。影响也不是指从外到内的灌输，而是指触发人的反思，进而推动内在的发展。我当时的情况是——或许今天仍然如此——我对艺术形式的观念化兴趣不大，缺少在这方面探索和深入的动力。甚至可以说，对于狭义的艺术，我可能都没有很大兴趣。回想起来，我初上黑蓝论坛的时候，受到的震撼——或者说打击——是相当大的。原本我以为，写小说无非就是考虑写什么和怎么写这两个方面。可是我发现在论坛上，大家既不讨论写什么的话题，也不怎么提及写作方法。大家最关心的是小说这种艺术形式在观念方面的革新，以及由此衍生的写作实践。论坛上那些在当年经常被人形容为"先锋""前卫"或"实验"的作品，有相当部分我其实也读不懂。

面对这种情形，我曾经也感到焦虑——我发现自己不仅实践水平落后，而且根本不是和别人在同一个层次回应"写作"这件事。为此我也尝试过"为艺术而艺术"地写，但那就像让一条牛去学跳探戈，不过是自曝其短罢了。更重要的是，我没有兴趣和动力坚持下去。于是我又尝试为自己的写作辩护，试图给自己感兴趣的写作方向寻找观念依据。然而那些辩护是徒劳且缺乏说服力的，就像一个站在暴雨中的人，举起双手去遮挡雨水，终究还是免不了浑身湿透。在这种情况下,唯一可以在精神上支撑我、帮助我克服羞耻心的,就只有真诚了。无论是对待写作还是对待交流,我都竭尽所能地做到真诚。当我自觉真诚的时候,我就问心无愧、理直气壮,不再犹豫和畏缩,也不再害怕任何人的取笑,哪怕那些取笑只存在于我的想象之中。

如今过去多年,我已经明白对艺术的溯源,不必把人和观念对立看待,认定两者之中或此或彼。事实上这两者相辅相成、互相影响——没有一个艺术家是彻底的个人化或彻底的观念化的。当年我是因为愚钝,同时胆怯和不自信,面对批评时常常有保护自己的心理,不敢深入地和人讨论,甚至从没主动向人请教过,于是一再地陷入过度反思,以一种偏斜的眼光绝对化地看待创作中的人和观念。不过话又说回来,今天我说的这些看法,也不是什么正确结论。或许关于艺术,根本就没有所谓的正确结论,只有对不断的发展和变化做出的有意义的回应。

最快乐的日子

二〇一二年我去了云南之后,就很少再上论坛了。因为此前的三年我在论坛上投入太多精力,相应在写作上却投入太少。论坛上的交流令我对自己的写作要求提高到一个我无论如何都不能企及的高度，在那种高度的审视下，我怎么努力都写不出令自己满意的作品。我的精神太脆弱，承受不住那种压力。渐渐地我对写作都感到了恐惧，每当我开始写一个新的小说，我首先想到的是它会失败，然后我会因此蒙羞，我根本就不想写下去了。就是在这种畏难和羞耻心理的双重作用下，我的写作动力快速地消耗殆尽。

另一方面，我是那种受外力约束时会勤奋和尽责的人，比如在工作中，我是勤奋而尽责的，哪怕我只是拿一份死工资，无论多么认真都不会有额外奖励，我只是很怕因为没做好而受到斥责；而我在执行个人的计划时，比如对待写作这件事，却会变得很容易放弃和无所谓。我先是在下关打了半年工，二〇一三年去了上海后，在自行车店工作了一年，二〇一四年又回到下关，摆了近一年地摊，然后又去了宾川开小吃店。在摆地摊的日子里，因为我卖的是文具，主要做学生生意，每天只是中午去校外摆三小时，晚上再去摆三小时，寒暑假我不去，下雨天也不去，所以空闲时间非常多。于是我重新开始写起了东西。但这时黑蓝论坛已不再热闹，贴小说的人非常少了，回帖交流的则更少。不过我也不像几年前那样热衷于交流了，因为在写作上，我的实践水平落后于认识水平太多，此外我还想抓紧时间多读些书。在阅读量上，我其实一直有自卑感：我觉得自己读书太少，尤其是在和别的写作者交流时，这种感触经常会突然地刺痛我。

从二〇一四年春到二〇一五年春的这一年，是我在下关度过的第二段日子，也是我成年后过得最快乐的一段日子。我非常喜欢下关的气候，真正是冬暖夏凉，空气也非常干净，或许因为海拔高，这里的天空特别蓝，云状多有奇诡，且变幻迅速，有时隔三五分钟抬头观天，云图竟已截然不同，天气的转换也干脆利落，常常一天内阴晴数易，从不拖泥带水。下关的景色也很怡人，西边倚着苍山，北面濒临洱海，是名副其实的山清水秀。我几乎每天都到洱海边跑步或散步，尤其是在洱河北岸全民健身中心前面的大广场上，这里靠近洱河的"入海口"，东边紧挨着洱海，北边是一片湿地树林，南边隔洱河相望的是下关的南城区。我常常早上去看日出，傍晚去看日落，晚上看音乐喷泉，周末则看人放风筝——下关是著名的"风城"，不少本地人擅长放风筝——中秋有人放孔明灯，除夕元宵则放烟花……其中尤其是跑步，绕广场一圈八百五十米，我试过在这里单次跑三十二公里，也试过一个月内跑了二百四十五公里。我试过深夜去跑，跑完后偌大的广场上只剩下我一个人。也试过清早摸黑去跑，跑完十公里后太阳还没露出地平线。如今我无比怀念那些日子，无比怀念那个地方。

下关的每一条大街、每一条小巷我都喜欢走，所有超市我都爱逛。我白天去走，晚上也去走，并不是要到哪里，也不总会买东西，只是为走而走，为看而看。如今多年过去了，我只要闭上眼回忆，当年看到的街景仍历历在目、仿如昨天，那些感受实在太特别，我永远都不会忘记。摆地摊的收入其实不多，但我一点也不焦虑。至于未来会怎样，我根本就不在乎。没钱了我可以去打工，反正不可能饿死。不过我也想到过死的问题——我并不是想死，只是假设性地思考，自己能不能接受死亡，以及能够接受怎样的死亡。

我觉得生命就像把一块石头推下山坡，仅仅出于惯性，它会一直滚下去，哪怕它滚得并不舒服，或许它也会在心里想：假如当初没有被人推下来该多好。但在它滚到坡底之前，制止它的滚动需要施加很大的力，我身上缺少那种颠覆性的力量。虽然我确实滚得不算舒服，但也没有疼到想要尖叫的地步，何况有时候我感觉好像还不错。其实我最想弄清楚的问题，是自己到底怕不怕死。但这件事并不容易评估——对于死亡，我没办法做任何试验。我觉得死不可怕，但怕死是可怕的。我指的并不是突发的情况，在那种情况下人害怕是一种条件反射。我也不是指自然的死亡，当年我不过三十五岁，考虑自然死亡显然为时过早。我指的主要是自主的死亡或主动加速的死亡。

假如我不试图爱上生活，甚至相反去憎恨生活，那么死亡似乎也并没有那么可憎和可怕。可是怀着对生活的憎恨活着，甚至比怀着对死亡的恐惧活着更难受。所幸我并不憎恨生活，我只是对生活热爱不起来而已。我会思考这个问题，主要是因为在当时的我看来，假如我随时都敢于结束自己的生命，那么我就无所畏惧、真正地自由了，从此可以坦然地面对一切前景——毕竟，当时我根本看不到自己的前景，我完全不清楚自己三年或五年后会在哪里、在做些什么。我需要消灭这种不安感，而不是一定要做那件事情——甚至很有可能不会做，起码比那些容易冲动和感性的人更不可能做，但我很想弄清楚自己是不是真的敢去做。

我心里的不安感也不是由痛苦引起的，倒像是由一种前所未有的放松感引起的。我从前没有体验过那种无拘无束、自由自在的感觉，我好像对很多事情都无所谓了，而那些事情从前我是非常介意的。对此我还没有完全习惯，我觉得不应该有这么好的事情,我担心将来要为此付出沉重的代价。今天回头看自己当时的状态,吊诡的是,我偏偏在过得最快乐的日子里想到了死的问题。或许当时我确实太闲。人闲下来就会胡思乱想,而在忙碌的时候,比如之前在上海打工的时候,我就没有精力想那些问题。何况当我在工作的时候,身边的人也都在工作,这让我产生一种错觉:仿佛自己的人生正运行在一条"正轨"上——总不可能大家都在盲目地过日子吧?毕竟我本质上是一个非常循规蹈矩的人,早已习惯于服从外部的准则,而不是追随内心的感受。当我踽踽独行时,情形就截然相反了:哪怕明明过得很快乐,我也会担心自己已经在某个失察的时刻误入了歧途,眼下的快乐只是包着糖衣的毒药,将来当我意识到后果严重时,一切都已经无法挽回⋯⋯

我在下关生活的两段日子都对我产生过积极的意义,可是后来我变得更豁达和开朗,倒不全是受到在下关生活的影响。早年在黑蓝论坛上的阅读和交流,对我的意义同样重大,哪怕我在情感上其实反感一切精英主义,但正是我接触到的那种对待写作的精英式自我要求使我进而意识到,在生活中我同样应该自尊、自重和自爱,而不是经常随意地贬低自己、嘲讽自己。因为一个人的尊严不是建立在其身份或地位上，而是建立在其言行和信念上。无论别人怎么看待我，我始终要把自己看作一个高贵的人。并且真正的高贵，从不体现在对别人的优越感上，而体现在对自己的严格要求上。这种尊严和高贵，既作用于我的自我意识，也融汇在我的写作语言里。

除此以外，论坛上的交流以及由此认识的朋友，很大程度上丰富了我在生活以外的精神空间，把我从一种自我囚禁的状态里解放了出来。从前当我的视野局限在逼仄的现实中时，我经常觉得自己的人生没有出路，哪怕我开始写作也是为了逃避，而不是出于多么深刻的精神追求。可是在论坛上，从大家对待写作的那种认真、严肃和重视的态度里，我察觉到人生在现实的维度之上，还有更重要的一重审美的维度。审美也不是吃饱穿暖之后的附加精神需要，而可以成为人观照自身、厘正自我存在的目标和实现生命意义的途径。

这一年里我读了一些书，但读得比较杂，我尝试模仿了好几个作家，写了一批篇幅短小的习作。这些习作尽管只是模仿水平，但我在构思的时候常常把自己都逗笑，写出来后也很有满足感。这种情形和早年我写那些写实的故事时完全不同。我记得早年自己写作时总是很严肃和苦大仇深，就像把全人类的苦难和不幸都扛在了自己肩上似的，也从来没有体会过写作的快乐。但这时我放下了很多心理包袱,包括放下了写出一个有分量的作品的念头。我试着轻松地写,我发现自己天生就喜欢逗人笑,只是从前我没有认识到这一点——我可以从自己喜欢逗人笑的天性里获得写作的动力。

7. 非虚构

　　我在自传写作中回溯自己的过往时，发现早年经历的一些人、事和环境，当年的自己并没能充分理解和消化，甚至于已经渐渐淡忘。如今我专门把它们回忆和梳理了一遍，相当于激活和拓展了那些几被遗忘的经验。此外，当我以一种在日常中因为疲惫、麻木和厌倦等原因而无法达到的专注程度去观照那些生活内容时，我发现它们散发出我未曾预料到的光。

　　在写作这件事上，我是个没有什么事业心的人，我只在刚开始写作的头两年投过稿，后来基本就是写完发在网上，偶尔会有期刊编辑认领一篇，但我不再关心发表的事情了。不过缺少事业心不等于不认真，在动笔写的时候我是很认真的。只是我不觉得非要写出些什么不可，我已经没有那种追求和自我强迫；我也不认为必须取得些回报或成就，否则写作就是白忙活一场。写作改变了我很多，这就是我最大的收获。写作不仅仅是写而已，它还包括阅读、思考和交流等精神活动，这其实也是写作者对自身的深入、拓展和塑造。实际上写小说也好，写散文也好，写诗歌也好，本质上不是一个怎么写的问题，而是如何去感知自身的存在和外部世界及其中种种关系的问题。

机　会

二〇一五年春，我离开大理下关，去到宾川县的宾居镇，开了一家小吃店。同年年底，因为生意不景气，我再次离开云南，回到广州和两个旧同事合伙经营网店。这个时期虽然我也过得很忙，尤其是在宾居镇开店时，平均每天要工作十四五个小时，但毕竟我自己当老板，时间安排比较灵活，也不用担心因偷懒或犯错而受到批评，所以我还能抽空写些东西；尽管写得非常少，因为生意实在占用我太多时间和精力。我属于那种在为别人打工时精神会绷得很紧，对自己的要求比较严格，生怕因表现不好受到训斥，也无法分心做别的事情的人。可是当我自己成为老板时，心态却比较无所谓和散漫，缺少进取心和动力，仿佛成败得失与我无关似的。我不喜欢经商，但我到了三十几岁之后，凭着过往的履历和学历，已经找不到比较好的工作了，经商也是不得已而为之。

二〇一七年五月，因为各种各样的原因，我退出了合伙生意。彼时身上的积蓄已所余无几，所以我不敢耽搁，随即入职了D公司，在顺德陈村枢纽中心任夜班理货员。二〇一八年三月，我辞了D公司的工作，到北京通州入职S公司，从事快递投派工作。同年九月我从S公司跳槽到唯品会自营的品骏快递，直到二〇一九年十一月，品骏快递结束运营，我和所有同事一起被公司遣散。在这两年多里，我全身心地投入工作和攒钱，也确实攒到了一点钱，写作则基本放下，但日子过得很充实，甚至偶尔脑子里冒出"或许以后我都不会写了"的念头时，内心也没有丝毫恐慌，我觉得这件事顺其自然就好。

大约在二〇一九年的九或十月，我已经听到一些品骏快递要解散的传闻，这时候我也有了一些积蓄，心想假如这个消息是真的，那我要先写些东西，然后再去找工作。二〇二〇年一月新冠疫情暴发，更加坚定了我的想法，当时我计划写的是一个长篇小说，在几年前就开过头，但又推翻了几次构思，后来就搁到一边了；这时我想把这个长篇写出来，也算是了却一桩心愿。但我面对一个困难：我已经几年没写过东西,需要先写一些练笔的文章,帮助自己找回语感。这些练笔的文章都不长,篇幅在几百到几千字,每篇都是一天内完成的;为了一个更大的写作计划,我需要积累这些点点滴滴的完成感,它们可以帮助我建立信心。不过我没有料到的是,这些文章中的一篇,改变了我之后三年的写作方向。

二〇二〇年三月的某天,不知道是受了什么触动,可能是因为整理和翻看电脑里的旧照片,也可能没有受到任何外部的触动,仅仅是脑子里莫名的一个闪念,我写下了一篇记叙自己三年前在D公司做夜班理货员经历的散文。写这篇文章我花了半天时间,下午动笔,晚上完成,全文四千多字,先是发在自己刚注册的一个公号上,只有一些认识我的朋友读过。几天后我又把它贴到豆瓣网上,结果出乎我的意料,甚至令我感到震惊——它被大量网友转发、评论和打赏,连带使我的写作也受到对我来说空前的关注。

我算得上是豆瓣网的老用户,二〇〇六年就注册了账号,十几年来在豆瓣日记和评论里至少发过两三百篇文章(如今大多已设置隐藏),但读者寥寥,对此我也习以为常了。可是这篇对我打工经历的记叙,单篇获得的阅读量和收入,就超过了我此前十年全部作品获得的阅读量和收入的总和。其实这篇文章我写得很轻松,并没有投入多少心力,因为它不必考虑人物、情节和结构等要素,我只需要一边回忆,一边记录,甚至还有一些照片可以帮助我勾起记忆,这在我看来就和写日记差不多,是再简单不过的写作了。

这篇文章带给我的不仅是阅读量和收入,它让我被更多人知道,机会也就随之而来了。或许这就是运气,要不就是像人们说的,是命运给予人的补偿。尽管我不认为自己受到过亏欠,更不觉得自己需要补偿,但我也不想矫情地说些"愧不敢当"之类的话。起码照目前的情况来看,我在写作上的积累终于让我迎来了机会——虽然我从来不是为了迎来机会而积累的。

作为一个很消极的人,我没有被"成功"冲昏头脑。在网上得到一些关注后,我只是感到吃惊,同时觉得发生的一切很新奇,为我的生活增添了话题和乐趣,但我认为它是一桩偶然和孤立的事件,不会带来什么实质的影响。不过事实并非如此:有人觉得我写下的内容很有价值,因为我从事过的一些职业,绝大多数从业者都不具有文字表达能力;而记者采写文章,又是以一种外部的视角,关注和感受到的内容和我大不相同。他们告诉我,我的写作能力、社会经历和性格,三者中任取两者,大概还有人和我相似,但同时具备三者的,可能我是绝无仅有了。于是在受到邀约之后,我继续把自己更多的工作经历写下来,直到后来结集出版。

"更适合写非虚构"

对我来说,写下自己的真实经历,要比写小说容易得多。截至现时,我只完成过中短篇小说。我的小说需要构思,有时候甚至依赖灵感:首先要有一个触动我的小说内核,可能是一段情节、一个场面或意象、一种情景或人生境况等,然后围绕这个内核填充素材、结构整体。一般情况下,我在写下一个小说的开头时,脑子里就只有这个小说的开头和内核,而发展和结尾是边写边摸索出来的。这种情形有点像走迷宫:不同的素材就像一条条岔道,大多数岔道都是断头路,也就是说那些素材其实不适合这个小说,当我使用了那些不合适的素材,不久就会发现小说无法推进下去,那就只有删掉重来,这样的情况会反复发生,直到找到对的那条道,小说才能顺利推进;至于说终点或结尾,往往要完成全文的百分之七八十之后,才会逐渐浮现。

我写小说非常慢,一天一两千字是常态,还经常会卡住,或不断推翻和删改,这还没算动笔前的构思。但在写自己的经历时,我几乎不需要构思,也从来没有被卡住,一天至少可以写三四千字,而且每次坐下来,很快就能进入状态。或许这就是"取法乎上,得乎其中"吧——小说拥有更丰富、自由和复杂的表现形式,无论对作者还是读者,都提出了更高的要求。而写自己的回忆录或自传,首先要求内容完全真实,这就已经剔除了很多可能性,同时也大幅降低了难度。

不过也有一些写作者和我情况相反,他们认为回忆录比小说难写,因为他们觉得自己的人生平淡无奇,很难挖掘出吸引人的内容,以至于拿起笔来都不知道写些什么好。其实我的人生也平淡无奇,我想现实中大多数人的情况都差不多,虽然也有人向我指出,我从事过的工作和工种比较多,我的社会阅历相对丰富。但那是因为我已过不惑之年,和年轻的写作者相比,确实是积累了更多生活经历,或起码也度过了更多的光阴。但年轻写作者不必担心自己永远年轻(应该反过来,担心自己过早衰老),将来肯定也会活到我今天的岁数;而我和同龄人相比,阅历其实不算特别丰富。因为我性格内向,习惯回避人际交往,不喜欢和人建立关系,尤其不喜欢聊天,这导致我的生活很封闭、人际面狭窄,间接经验也匮乏。

但话又说回来,内向的性格也有利于写作的方面。比如说，它给我的生活增加了很多阻力，这些阻力散布在日常的时时刻刻、方方面面，而人总是在受挫后才开始反思，并去寻因溯源——我遭遇的挫折越多，反思面也就越大，对自己的认识就越加全面和深入。反之，假如生活一帆风顺，我可能就会把精力放在追求更大的满足上，没有必要也意识不到要反省自己了。就我观察所见，虽然不是绝对的，但大体上来说，内向的人会对自己的心理和性格情况更关心，外向的人则对外部世界更好奇。我写下自己的工作经历、成长经历和写作经历，本质是再一次对自己的过往做出检视和反思，这件事我这辈子一直在做，已经驾轻就熟了，只不过从前很少诉诸笔端，只是在脑子里进行而已。至于我的经历本身，全都普通得不能再普通，并没有什么精彩之处可言。

近来有人善意地劝我说，我更适合写非虚构，而不是小说。因为从结果来看，这十几年来我在小说上投入更多，却没有获得什么反响，反而是无心插柳的自传写作，受到了社会的关注和肯定，也带给我超过预期的经济回报。毫无疑问，我清楚本土"纯文学"的读者有多么少，相对而言非虚构作品的市场要大得多。原因很简单，哪怕不提阅读的门槛，首先"纯文学"在很多人看来是没用的，它不能帮助人们改善物质生活——至于说精神生活，在今天这个短视频时代，提到"精神生活"这四个字都给人一种"前朝遗老"的感觉。何况即便真的想读一些"纯文学"，一般人也会选择经典作品——经典之所以成为经典，就是因为得到过反复验证；而读一个未经验证的新作者，则相当于一次冒险，投入的时间可能会打水漂。对此我毫无怨言，因为我自己就是这样的读者，早年也只读文学经典，不想在任何陌生作者身上浪费时间。不过，非虚构并不是一种体裁或文类，而只是一种图书分类的方法。在非虚构包含的所有体裁里，我既有条件或能力也有兴趣写作的，就只有自传这一种。在过去的三年里，我已经把这个方向想写的内容都写完了。无论有没有写小说的天分，我接下来都打算回到小说写作上。

　　对于小说，我不要求它带来经济回报，也不需要有很多读者。在写作小说的时候，我经常会有这么一种感觉：我是在回应那些我喜欢且影响过我的作家，并通过写作融入他们的精神中，尽管他们大多已经去世，但我经常想象他们会怎么看待我和我的写作。起码在小说领域，因为起始阶段在黑蓝论坛上受到的影响，我进行的是一种"精英的文学写作"。"精英"这个词如今快沦为贬义了，所以我想解释一下：我说的"精英写作"，首先和写得好不好无关，而主要是指对待写作的态度和自我要求。比如说，"通俗的文学写作"会更多考虑外在的读者和市场，会尽量写得好看、引人入胜，或提供消遣娱乐功能，或满足某种工具目的；"精英的文学写作"则首先建立在作者内在的、审美的文学观上，更多考虑个人表达和原创性，而不是题材和受众，更重视作品的形式而不是内容——毕竟艺术本身就是形式而不是内容。

"精英写作"并不必然比"通俗写作"高级，难度也不一定更高，两者甚至不是泾渭分明的关系，即有些作者和作品你无法简单地划入其中一类；"精英写作"也有很多低水平的作者和作品，反之"通俗写作"也有很多高水平的作者和作品。我并不是在说自己的小说写得好。假如有读者认为我的小说稚嫩、粗糙、难看、低级，或给出诸如此类的负面评价，我不会为此辩护，甚至我也不是个为艺术而艺术的写作者，但即使如此，我的小说在性质上仍然是一种"精英的文学写作"。

《我在北京送快递》

二〇二三年三月，浦睿文化/湖南文艺出版社出版了我的《我在北京送快递》，内容是我对自己工作经历的回忆、反思和记叙。因为我从事过的大多数职业，比如服务员、加油工、物业保安、理货员、快递员、个体小老板等，都和文化完全无关，于是我的部分新读者——新读者的数量是我早年小说读者的百倍以上——以及采访过我的一些记者，都关心起我接下来的小说创作。从这些问题和反馈中我看到，很多人对我满怀善意，但对于作为写作者的我，却完全不了解。在这篇个人写作史里，我乐意介绍这些情况、解释清楚问题，而在小说里却不宜这么做，因为小说只写是什么，不写为什么——在小说里任何解释都是一种削弱，小说更亲近丰富的能指，而不是一种具体的所指或明确的答案。举一个例子说明的话，小说近似于容器而不是容物，它就像一只密封的箱子及一些启示，箱子里到底装了些什么，对于不同的读者来说有不同的想象和感受，这种可能性的丰富程度才是小说的独特魅力。而作者进行解释就好比把这只箱子拆开，把无穷的可能性削减至一个"正确的答案"。

尽管在我心目中，写小说要比写回忆录或自传重要，但这两者并不是风马不接的关系。事实上，我在自传写作中回溯自己的过往时，发现早年经历的一些人、事和环境，当年的自己并没能充分理解和消化，甚至于已经渐渐淡忘。

如今我专门把它们回忆和梳理了一遍，相当于激活和拓展了那些几被遗忘的经验。此外，当我以一种在日常中因为疲惫、麻木和厌倦等原因而无法达到的专注程度去观照那些生活内容时，我发现它们散发出我未曾预料到的光——这其实就是一个深入自我、认识自我、拓展自我的过程，它必然对我包括小说在内的一切创作都有所促进。我认为对于小说这门艺术来说，重要的不是技术和方法，而是个人感知中审美性的特质和境界。

我很清楚，一个像我这样的写作者，写下自己的写作史，可能会招致一些诘问，比如说：你的写作到达什么高度了，以至于你认为有分享的价值？这样的问题我没有办法回答。这篇文章最初以连载的方式发布在黑蓝文学公号上，因为是没有经济回报的，我也就没有心理负担，反正读者不需要花钱，谁要觉得它没有价值，那就不去读它好了；写作者当然是拿作品说话，而不是拿创作经历说话，但两者也并不冲突，不是写了创作经历就写不了作品。可是假如把它出版成书的话，它就成了一件商品，消费者当然有权质疑它的价值，我已经在为此做心理建设。

我还记得在二〇二一年，当时刚有编辑联系上我，表达了对我写作的出版兴趣，我的心情是紧张且兴奋的：我既高兴得到机会，又担忧最后白高兴一场。出版的流程漫长，考验人的耐心，或许这就是好事多磨，两年后我心里的那块石头终于落地。我庆幸自己的写作得到出版的机会，并由此获得了种种体验，比如接受采访、录制播客或视频、参加读者分享会、获奖及致辞等——这些经验对我来说都是陌生的，也是新鲜和宝贵的，它们丰富了我的见识和感知，也为我看清楚自己提供了更多角度。

有一个时期，我感觉自己陷入了过度表达。在和人面对面时，我很容易紧张，有时记者或读者向我提出的问题，是我从来没有想过的，原本我该思考一下再开口，但为了避免冷场的尴尬，我总是硬着头皮尽快回答。不难想象，这些答案并不是我深思熟虑的结果，口头表达原本就比书面艰难，何况是在那种令我窒息的压力下，我经常不能表达得准确和完整，同时又多说了很多毫无必要的话。还有些时候——虽然次数不多——记者会曲解我的话，把我没有表达过的意思发表出去，如今我知道该怎么规避，但当时我没有经验。

更恐怖的情况发生在直播节目中，当摄影机和麦克风同时朝向我，一想到此刻不知道有多少观众正透过屏幕打量着我脸上的扭曲表情时，我就会吓得头脑一片空白，接下来说话变得词不达意,甚至言不由衷。以上种种经历常常令我事后懊恼不已。不过我安慰自己:总有一天,不会很久,我会远离人们的视线,默默地做自己喜欢的事情,包括未完成的写作计划,也包括写作以外的事,并以一种平静的心境度过余生,这对我来说要比"成功"的喜悦宝贵得多;到那时我会带着自嘲和调侃,兴致勃勃地回忆起现在这段特殊的经历,并活灵活现地向朋友讲述自己的种种滑稽行径。

在我不同体裁的写作里,个人的生命感悟一直占据着核心的位置,早年我主要通过故事去结构它,如今我更倾向于通过语言去呈现它。归根结底,语言才是一个写作者的艺术手段,我相信心境的沉淀会体现在语感中,体现在一种不偏不倚、不宠不辱、不卑不亢的措辞分寸感里,而尽量去除种种失衡的倾向性或意图,比如激愤、哀怨、浮夸、煽情、矫饰、油滑……

就我所见,一个人自己写自己,很容易留下虚妄之言,在真实的自己和理想的自己之间,绝大多数人无法始终保持清醒,恐怕我也不能例外。不过我在辨识一个人的品质时,很少依据其口里说些什么,而是观察其生平和生活的内容,这些要比其说些什么更能反映其本质。同样,我的生平和生活内容也是我所有写作和我这个人的量尺和衡器，我当以此自勉和自律。

2022.11—2023.9

第三章

活着,写着

动物记

乡村狗事

四个月多前,为了开鸭脖店,我搬到了这片乡村。在此之前,我从来没有在农村生活过。如今四个月过去了,我还是不敢说,自己已经有了农村生活经验。因为我的时间全投在生意里,而生意有它内在的规律,它要和农村体验争夺我的注意力。我租下的铺面业主是一对中年夫妻,他们就住在鸭脖店的楼上,我不知道他们有没有孩子,如果有的话大概是到外地读书去了,我从来没有和他们聊过这个话题。他们是本地人,但并不种地,丈夫叫六哥,每天开一辆乡村公交,往返于县城和镇上,全程二十公里;他妻子则是个售票员。他们那辆公交小巴是自己买的二手车,运营牌照据说花了六十万。对比他们做的生意,我开的鸭脖店简直微不足道,假如他们不涨租的话,我连交六十年的租金，也不够付他们公交运营牌照的转让费。

我住的房子租金就更便宜了，一年只要一千二百块，房东一家倒是还在务农，他们是果农，种提子。这里是云南的水果之乡，在百度上搜索"云南水果之乡"，出来的就是我们县的名字。我看到这里有人种柑橘、枣子、石榴、枇杷、桃子等，而提子和葡萄是栽种面积最广的。此外还有咖啡豆，云南的小粒咖啡，最初（一九〇二年）就是由一位法国传教士引进，栽培在我们县一个叫朱苦拉的村子。不过去那个村子的路不好走，本地的司机告诉我，新手一般都不敢开车去朱苦拉。

我的房东是一对年轻夫妻，娃儿还不会走路，我没搞清楚他们是三代同堂还是四代同堂，因为我早出晚归，很难碰到屋里的老人。他们家有一个大院子，东边是他们自己住的屋子，我晚上要洗澡的话，浴室也在他们那边。院子北边用来停车，房东有一张拖拉机——本地没有"辆"这个量词，凡是该用"辆"的地方他们都用"张"——还有一张灰色的面包车。茅房建在西北角，总共有两个厕间。西南角是出入的大铁门，晚上会上锁，但我有钥匙。门边是一栋非常简陋的两层水泥预制板房，每层有五六个房间，每个都一模一样。一层的房间大概用来储物，二层则用于出租，我就住在二层。除了我之外，有个旁边镇中心卫生所的护士也租了个房间，但她并不长住，大概只在换班时来睡一晚。还有一个房间住了一对母子，母亲是个小贩，卖一些干货农产品，娃儿大概在念小学。

房东的提子田就在宅院以北不远处，我站在二层的走廊上就能看到。附近的农民几乎全种提子，大家的地连成一片，我分辨不出每一家的地块和边界。我也很少看到房东一家在地里干活儿，因为我没有休息日，白天都在忙生意。可是有几天晚上，我回到住处时已经是凌晨时分了，却发现他家的地里还有人在干活儿。因为他们都戴了充电式头灯，我看见几道忽长忽短的光柱，随着他们身体的活动而快速地挥向不同方向。他们种的提子树不高，藤枝攀附在齐肩的铁丝上，头顶上也没有安装棚罩，所以我看得非常清楚。干活儿的人数远超他家的劳动力，我想他们是找了亲戚来帮忙。这里的果农经常互相帮忙，因为提子和葡萄易损易腐，采下后必须快速装箱运走，偏偏提子和葡萄采摘时要轻手轻脚，这就大大地降低了劳动效率，只能通过人数优势来弥补。因此和种庄稼的农民不同，这里的果农并非"单干户"，起码在收成的时候，他们必须互帮互助。显而易见，谁要是和亲邻处不好关系，那他家的种植规模就发展不起来，收入也只能局限在较低水平了。不知道这样一种生产关系，会不会间接促进村民们和睦。不过我感兴趣的其实是他们戴的头灯,我早就看到每周的赶集日有人卖这种东西,早前我还纳闷,这里是农村又不是矿山,农民买这玩意做什么呢?现在我明白了,无论出于什么原因,这里的果农会在半夜下地干活儿。我问了一下价格,只要二十块钱,于是我给自己也买了一个。每天晚上我从鸭脖店回住处经过的路,有大半段没有安装路灯,在乌云蔽月的日子,我只能边举着手机照明边骑车,假如再碰上下雨的话,那情形就既狼狈又惊险了。而有了这个头灯之后,我起码不用担心因为看不清路况加单手骑车而摔到水沟里……

虽然鸭脖店生意没有多好,可我每晚还是要工作到十点半之后,因为有很多器具及场地需要清洁,此外还要为次日一早的卤货做预处理,于是当我回到住处时,一般都已将近午夜了。这个时候,房东拴在院子里的两条狗就会用它们那嘹亮的吠声迎接我。人们总是说狗的嗅觉很灵敏,其实它们的耳朵也很尖,每次我在大铁门外轻轻地刹停自行车,我自觉并没发出任何响声,可它们的吠声保准在半秒内响起,划破周围宁静的夜空。每当这时我就紧张得头皮发麻,恨不得立刻捂住它们的嘴,并向周围被打扰了清梦的居民道歉。不过当我推开那扇铁门,现身于它们眼前时，它们马上就闭上了嘴巴。这说明它们认得我，知道我是这里的租客，而不是来偷东西的贼，可它们那为人称道的嗅觉并不能把我从几米远的铁门外识别出来——它们因为听到响声而吠叫，又在看到我之后停止，嗅觉似乎始终没有发挥作用。

我不清楚中国人从什么时候开始养起了洋狗，记得九十年代那会儿，我对"品种狗"还一无所知，在广州也从没见过有人遛狗，城中村里倒是有不少散养狗，但那都是清一色的土狗。如今快二十年过去了，一线城市早已今非昔比，可是对于我现在身处的这片乡村，我仍然顽固地以为，村民们养的理应还是土狗。可事实却是，这里早就有了"品种狗"，虽然不如土狗数目多，而最多的却是"串串狗"。比如房东家的两条看门狗，就是混了不知道多少种血统的杂种狗。这两条狗都属于小型犬，其中一条的外形糅合了巴哥犬和京巴犬的特征，但比这两种犬都难看：短棕毛、下垂眼、凹脸、粗壮的前肢呈O形。它的其余血统成分过于微量和复杂，我就分辨不出来了。另一条则像是短毛版的雪纳瑞，虽然我也不知道雪纳瑞的卷毛下面，脸型到底长成什么样子，但它的脸型正好符合我对雪纳瑞的想象；它的毛色是全白的，不过和凹脸的那条一样，因为房东从没给它洗过澡而显得灰头土脸。

它们虽然看起来很脏,并且一点也不友善,但到底还是小动物,我仍然想摸摸它们。可惜我的盘算暂时还没能成功。它们对待我的方式令我意识到,为什么人们会用"看门狗"来骂人。它们就像监工,或者狱卒,而我是它们的看管对象,哪怕被拴起来的是它们而不是我,但权威仍牢牢掌握在它们手里。我的一举一动全在它们的注视下,并且那是一种冷冰冰的目光,伴随着时刻准备龇起的牙齿,以及随时会响起的尖锐响亮的汪汪声。有几次,我感觉它们对我的态度软化了——哪怕铁石心肠的人也会日久生情吧——于是我试着接近它们。我想和它们交朋友,想得到它们的信任,或者换一种庸俗的说法:建立心与心的交流。可是我的步伐才刚超出日常路线一点点,还远远没有到达它们的身边,它们已经警觉地站了起来,摆出一副在我看来是准备投入一场战争的姿态。我被它们凶神恶煞的样子吓怕了,我不怕它们咬到我,因为它们脖子上拴着绳子,但我怕它们把主人喊了出来,它们的主人会怀疑我,因为我年纪已经不小,早过了单纯想要摸摸狗而别无其他企图的年龄,那么我偷偷摸摸的到底怀有什么不可告人的动机?我可不想房东琢磨这些问题。坏人害怕引人生疑,好人其实更害怕。

还有一次，不知道是由于房东的疏忽，还是他觉得应该让自己的忠诚守卫放松一下，我晚上回到住处时，凹脸的那条狗竟然没有被拴住。我一进门就发现了异常，因为它蹲坐在一个平常它去不到的位置。我愣了一下，随即反应过来，我告诉自己要镇静，假如它察觉到我心虚或胆怯，那天知道它会对我采取什么措施了。我装作若无其事地停好自行车，然后不紧不慢地走上二楼，我知道它的视线一直跟随着我，但它的身体没有动。可是我还要去洗个澡，而浴室在院子的另一边。

五分钟后，我端着盆子、香皂和换洗的衣服又下了楼。这次我没有看见凹脸狗，它离开了刚才蹲坐的位置，但没有回到它那被拴着的同伴身边，我看到它的同伴正孤零零地蜷着身子睡觉。我往浴室走去，拖鞋刮着院子的泥地，发出嚓嚓的声音。就在这个时候，我发现在我的脚步声以外，还有一种轻微和散乱的声音，从身后很近的地方传来，并且紧跟着我。我立刻意识到那是什么，因为我心里正纳闷着呢——凹脸狗就在我的身后。我回过头去，正如我预料的，它离我只有一米远，看到我停下来，它也停了下来，然后仰起头看我。这时候的它看起来一点也不凶。随即我意识到，此刻它无法戴上那副凶恶的面具了，因为它没有克制住自己，泄露了对我的友善和好奇——哪怕还算不上友善，那起码也是一种不带敌意的熟悉关系，而好奇则是肯定的！假如我和它的关系是一场对弈，那它正好掉以轻心地下了一着臭棋，露出了自己的破绽，我可不想让这个机会白白溜走。于是我慢慢地蹲下身，把盆子轻轻放到一边，右手试探着朝它伸出去。它果然没有像往常一样横眉冷对地对待我，从它的眼神里我看到了犹豫和迷乱。至少有两股力量在争夺它此时的心智：它已经和我相处了几个月，或许是时候放下架子，向我表示一些亲近了，毕竟人非草木——狗，当然也非草木；或是毫不动摇地恪守自己的职责和界线，永不把个人的感情带到工作当中，一视同仁并矢志不渝地和除主人外的所有人保持距离。我无法想象它内心的斗争有多激烈，不过结果片刻就揭晓了：在我的手将要触到它的身体前，它往后躲开了，接着又后退了几步。我还不死心，蹲着往前挪了两步，想要再次靠近它。可我突然发现，它眼神里的犹豫和迷乱不见了，正严厉地盯视着我，那副表情仿佛在说：我现在警告你，再靠近我可要采取行动了！至此我彻底地放弃了，那次之后——其实不过是上周的事情——我再没尝试过亲近房东家的这两条狗。

就在几个月之前，我还和另一条看门狗打过交道，当时我为了开店到这里来考察，晚上就住在后来和我合租铺面的朋友的妻子家。他妻子是本地人，有一个妹已出嫁，家里就剩下老两口。她家也养了一条看门狗——或许这里每家每户都有看门狗——毛色全白,体形中等偏小,也是条"串串狗"。我初次到她家去时,人还没有走进院子,这条狗已经开始吠了,随后它的主人热情地招待了我,看到这种情形,它识趣地闭上了嘴巴。到了第二天下午,我以为和它算是认识了,于是想过去摸摸它,和它套套近乎。它被主人拴在院子旁的枣地里,看到我靠近,它局促地往后退去,直到把狗绳绷直。看到它这副样子,我故意背对着它蹲下,以此表明我完全信任它,也值得它同样的信任,同时一边偷偷地观察它的动静。可它始终不为所动,一直保持着警戒的姿势和神色。五分钟后我放弃了,我不想强迫它,也不忍为难它。

一些和狗有关的记忆此刻浮现在我脑海里……之前在上海工作的时候,我的老板也在店里养了一条混血狗,她把狗交给我们共同照管。那条狗倒不会躲避生人,因为店里人来人往,它早就习惯了。可是我有几个同事一直和老板闹矛盾,于是他们就拿这条狗来出气,有时甚至把它揍到尿失禁。于是这条狗的胆子特别小,因为它得不到主人的疼爱和撑腰,反倒每天在遭受虐待,自信心和安全感因此逐渐丧失。有天我牵着它出去遛——当时我住在店里,这成了我的分内事——在离店不远的地方,看到有只不满月的小奶猫被人遗弃在人行道上,正声嘶力竭地喵喵叫着。老板的狗被吓坏了,死死地趴在地面,任我怎么拽都不敢从小猫身边经过。可它明明是一条中型犬,跑起来连我都追不上,而那只小奶猫才刚睁眼不久,看样子已饿得奄奄一息……这一幕生动地留在了我的记忆里,成为某种启发性事件。

另外一次,还是在上海,有天我坐在街心公园的石凳上,两个遛狗的中年男人站在我前面不远处,正忘情地聊着天。他们的狗一只是金毛,正安静地蹲在主人脚边,半截舌头搭在下巴上,随着呼吸轻轻地起伏着。另一只是蝴蝶犬,或许还是亚成年,体型比一般的蝴蝶犬小,但毛发非常蓬松,就像被电过一样;它在主人的脚边转来转去,一会儿朝向这边,一会儿朝向那边,仿佛四面八方有人在呼唤它,令它应接不暇。两只狗原本互不搭理,金毛是有如老僧入定,对身边的一切不闻不问;蝴蝶犬则似乎忙于处理虚空中的各种信息,以至于无暇问候一下身边的金毛。而我想着自己的心事,目光尽管投向前方,神志却有所游离,看到的景象也如经过抽象一般。蝴蝶犬的主人越聊兴致越高,恍惚间,我觉得他好像蹲下身拍了拍金毛的头,或是捋了一下它的鬃毛。但他的动作迅速流利，待我回过神来，他已经重新站直身，继续侃侃而谈了。

不过，绝非只有我注意到刚才发生的事情，蝴蝶犬无疑比我更留心它主人的一举一动——事实上它这时简直气炸了，一种原本我以为只有人类具有的嫉妒心理篡夺了它的心智，它以一种螳臂当车般的大无畏姿态，疯了似的围着金毛吠叫。可是金毛并不想理会它，在悬殊的体型对比面前，蝴蝶犬的挑衅无力得近乎滑稽。何况金毛并没有做错什么，它没有主动勾引蝴蝶犬的主人，更没有要和蝴蝶犬争宠的念头。因为金毛既不回应也不退缩，蝴蝶犬终于意识到：自己找错了发泄对象。于是，它像忽然开了窍一般，转过身来朝着自己的主人狂吠。我惊讶地看到，它那比棉拖鞋大不了多少的身躯，竟然一下又一下地跃到主人垂下的手腕的高度。它一边跳一边叫，有点像在表演杂耍，尽管难度不高，但胜在感染力十足。我假如是它的主人，此刻想必会立刻带它回家，主要是为了远离那只惹它心烦的金毛。可是它的主人明显粗枝大叶惯了，几乎没有察觉到蝴蝶犬的情绪，仍然在口若悬河地说个不停……

关于狗的内容我说了太多，或许也该提一下猫，要知道和狗相比，我更偏爱猫。可是现在我很难接触到猫，这里的农民普遍养狗，却很少养猫；大概他们觉得猫没有什么用途，假如让它们捕鼠，那猫的服从性和效率还比不过粘鼠胶，而且粘鼠胶不会偷主人挂在屋梁上的腊肉。于是只有当晚上关了店门，在骑车回住处的路上，我才有机会碰见这里仅有的几只猫。不过因为周围游荡的狗很多，这些猫不会到处乱跑，我总是在同一个地方遇见同一只猫。它们不仅怕狗，也同样怕人，一般远远地看见我，就提前躲了起来，或许等我走远了才重新钻出来。就是有胆子稍大点的，也会立刻停下脚步，压低身体警惕地盯着我，只要我稍稍靠近了点，就突然把自己投入路边的小巷里，随即隐没在黑暗中。

只有一只灰色的斑纹猫例外，我遇见过它几次，它并不躲避我，对我不瞅不睬，一副旁若无人的派头；它在我面前横穿过马路时，甚至都没有扭头打量我一眼。天知道它心里藏了多少秘密！每次我遇见它，都想停下来逗逗它，可是每次我都忍住了，因为我也是一个心里藏着秘密的人。

2015.7

2023.8 改写

痛苦造型家

早上在院子里散步,看见墙角有一条蚯蚓,正被一群蚂蚁围攻。我蹲下身观察,只见蚯蚓不断地摆出各种痛苦的造型:有时候像字母 J,有时候像数字 8,有时候像汉字"之"……它不停地扭来扭去,每一种造型都含义清晰、一致和深刻,蚯蚓真是一个痛苦的造型大师!它可以连续不断地摆出无数个造型,这些不同的造型全部用来表现痛苦,并且全都让人心领神会、过目难忘。可是,它懂得摆那么多造型,也摆脱不了自己的痛苦,那么这些造型又有什么用呢?我尝试着想象,在看到它之前,和等会儿我离开之后,它都在这里默默地承受着痛苦,它的痛苦多么像是永恒的啊。

不过我可以为它做一些事,比如一脚把它踩死,给它一个痛快的解脱。可是那样势必连同它身上的蚂蚁也踩死一些。那些蚂蚁,也是和蚯蚓一样的生命,而且它们的数量更多,生存态势也更好,我没有理由杀死它们。

假如我把蚯蚓捡起来,扔到不远处的泥地里,它也许能逃过这一劫,直到下次被另一群蚂蚁俘获——当然也有可能是被同一群——在另一个不为人知的角落,再次摆出各种痛苦的造型,再把眼下的这些经历都重新体验一遍……当我想到这点后,我放弃了帮助它的念头。

在我离开的时候，我发现蚯蚓所在的位置，距离它熟悉且安全的泥地已经很远（大约有六七米）。假如不是它冒失地离开了自己的地洞，为了一个不明的原因深入这片对它来说危机四伏的水泥地面，那么就是这群蚂蚁在遥远的泥地里找到了它，一边艰难地把它扭送了这么长一段距离，一边耐心地包容了它为了摆出各种痛苦的造型而给它们增添的麻烦。

2015.4

螳 螂

这只褐色的螳螂，原本藏身在杂草丛生的山坡上，假如它一动不动，我将永远不会发现它，在那成片枯黄的草堆里，它的保护色近乎完美。可是我走过的时候，它被我带来的摇晃或阴影惊动了，突然从我脚边的一堆草丛跳到了稍远的另一堆草丛。我的视线立刻跟上了它。我见过的螳螂大多是绿色的，而且一般都会飞。它却既没有长翅膀，脚步也不够敏捷，那副样子就像把自身的安全彻底交托给保护色了。

不过即便是这样，在动手捕捉它之前，我也还是犹豫了一下。再怎么说，它也有两只带着锯齿、形状像镰刀的前足。听说螳螂甚至会捕食小鸟和蜥蜴，或许我该斟酌一下，我的动作是否比小鸟的更快，而我的皮肤是否比蜥蜴的更厚？可是我又分明记得，自己小时候就徒手捉过螳螂，当时一点都不觉得害怕，也从没因此受过伤。看来我知道的事情越多，行动力反倒越弱了。想到这里，我不再犹豫，蹑手蹑脚地向着螳螂藏身的那堆草丛走了过去。

过程很顺利，我发现对于逃生，它没有很多的技巧。或许附近实在偏僻，而它的一生都将在此度过，那么除了鸟儿之外，它也不必具备应付其他敌人的经验。我并不想伤害它，所以我的动作小心翼翼。它来到我的手掌上后，似乎显得有点不知所措，并没有像一些我接触过的顽强的昆虫——比如长着一对有力前足的蝼蛄——那样，心急如焚地设法逃脱。它也没有尝试反抗，尤其是没有像我担心的那样，用它的那对前足来夹我的手指。

出于本能，它意识到我的手掌并不是个安全的地方，基于对一种未知的强大力量的恐惧，它表现出了适度的迟钝、温驯和服从，甚至是友善。它谨慎且缓慢地绕着我的手掌爬了一圈，以观察自己突然落入的奇怪境地。它向来平静的生活刚刚遭受了——噢不，准确来说是正遭受着一场突如其来的变故。它尝试去理解这一切：一个偶然登上这片荒山的人和一只温暖柔软的手掌。这对它的智力来说太困难了。

它竭力不让内心的不安流露出来，而是用沉默和矜持去代替，就像它不是被我捉到了手里，而是主动跳到我手掌上来的一样。然而情形是那么地昭然若揭，它一直在盘算着如何离开，它的眼神和举止对我来说是多么熟悉，我很清楚它有多么想独自待着。可是，它又是那么赢弱和胆怯，我并没有合拢手掌困住它，就它纤细的身形来说，无论从多高的地方落下都不会受伤。而它竟然迟迟没有纵身一跃，就连我都感到有点儿惊讶了——对于必然的离开，它还有什么好顾虑的呢？

终于，我蹲下身，把手掌伸进了草丛里。它自由了。不过，它似乎不敢相信这点。它迈出的每一步都透露出审慎和克制，它担心对自由毫不掩饰的向往，会招致某种致命的报复。

最后我只好甩了甩手掌，帮它回到它舒适的环境里；随即它像个忘记系上安全带的乘客，被失事的车子甩了出去——就像它根本不愿意离开，但不得不离开一样。

2015.7

瓢　虫

我在卫生间里捡到一只瓢虫，是从打开的窗户飞进来的，看来没有动物能抵御一个温暖房间的诱惑。尤其是北方的早春还很冷，它可能会冻死在半夜零下的温度里。不过外面有它需要的食物和同伴，所以它显得那么犹豫不决；它不知道该往哪个方向前进，甚至不知道自己该不该前进。

实际上屋子对它来说只是一具温暖的棺柩。我常常在屋里发现它们的尸体，它们死后会变得很轻，托在手掌上丝毫感觉不到重量——当然那是指大一点的昆虫，瓢虫就是生前也没什么重量——它们的灵魂一定比我们的重，或者最起码所占比重一定比我们的大。

我把它捡起来，凑到眼前认真地打量，然后甩手把它扔了出去，随即关上了窗。当它被我甩到空中时，它的半圆形盔甲从中间裂开，里面伸出了一对黑色的翅翼。它飞走了。

它可能会冻死在今晚，不过对于昆虫来说，它甚至可能在天黑前就会完成自己一生的使命。此时我想起了《新约》里的一段话："我实在地告诉你们，一粒麦子不落在地里死去，它仍然是一粒麦子。若它落在地里死去，就会结

出许多麦子。"(《约翰福音》12：24）

2020.4

水　渍

我对狗不是很懂，但知道有一种狗叫作比熊，毛色好像只有白的，顶着一头"爆炸头"发型，身上裹着蓬松的小卷毛，就像电过的头发一样。很多养比熊的主人，会把它们爪子上的毛剃掉，要不就是它们生来爪子就没毛，反正我对比熊有这样一个印象：它们就像穿着厚毛裤但光着脚在到处跑。

比熊的体形和外貌，假如以男性的眼光来看，估计是毫无可圈可点之处。然而在一些女性的眼里，或许它们那洁白娇小的身躯、成天瞪圆了的眼睛，以及活泼而笨拙的个性，倒也不乏打动人之处。有时候我甚至有种错觉：像比熊这样的狗或许全是雌性的，就像敖犬或许全是雄性的一样。然而我当然知道，敖犬有雄性也有雌性，比熊也一样。

今早我碰到的就是一条雄性的比熊，在一个花园式小区里面，它的男主人正在遛它。事实上，我更倾向于认为，是它的女主人要求男主人遛它。因为男主人对遛狗明显缺乏耐心，一只手漫不经心地握着狗绳的手环，双腿迈得飞快，不断地越过走在前面的人。我因为赶时间，走得其实也很快，可是他竟然比我还要快。

那只可怜的神经质的白色小精灵，开始时倒并不显得可怜，它欢快地跟在男主人身后，四条小细腿像赛艇的船桨似的交替摆动；有时眼看它要跟不上了，却见它步伐一变，依靠后腿发力，连续往前蹦出几步，瞬间就抹平了和主人的差距。

假如没有接下来发生的一幕，我对这只狗恐怕不会留下任何印象，因为我的工作需要进入一个又一个小区，所以我每天起码要碰到几十只狗。我看到前面路面有一块水渍，面积约莫和枕头相当，积水本身已经蒸发得七七八八，只是被洇湿的地面还留下清晰的轮廓。那只比熊原本要从这片水渍旁路过，可它像是发现了什么似的，突然一个飞扑冲到水渍边，鼻子往前凑了过去，同时眼睛瞪得更圆更大。与此同时，它的那位健步如飞的男主人，丝毫没有察觉身后正发生的事情；尽管从狗绳上传来了明显的阻力，但话又说回来，难道狗绳不是一直在传来阻力吗？如果每回他都要停下来查看，那么这趟遛狗就永远也完不成了。

于是，就在我的面前，场面颇有点戏剧化，那只小动物拼命地压低身体，肚皮都贴到地面上了；同时爪尖全都伸了出来，徒劳地想要勾住地板砖上任何细微的凹槽或凸起处。它就保持着这个姿势和表情，被男主人倒着拖行了好几米；它的那些爪子和地面摩擦发出了令人难受的吱吱声。

它最终还是放弃了，其实也不过坚持了几秒而已。毕竟，动物是善忘的，虽然它错失了这趟小小的旅程中真正感兴趣的事情，但是旅程毕竟还没有结束。再说了，明天不是还有新的旅程吗？仿佛因为想明白了这些道理，它又重新迈出了欢快的步伐。

可是，我发现和刚才有点不同：现在它每走两步，右后腿都要抖动一下。看来它的爪子受了伤，或最起码是在刚才被弄痛了。而它的男主人仍然头也不回，对自己身后的宠物不闻不问，就像一阵风似的往前面冲。毫无疑问，哪怕他的狗失去知觉，一动不动地躺倒在地上，他也会像拉一块石头似的把它拉回家。

按道理说，小狗此刻是在忍着疼痛的，可是除了那条右后腿，它整个身体的动作显得那么欢欣，那么活跃。只见它急匆匆地追赶着男主人的脚步，而那条系在它脖子上的弹性狗绳迅速地在缩短。我好奇地看着这一切，同时在脑子里想象，假如这个男主人被狗绳绊了一跤，那么这条小狗是宽容而冒险地凑过去慰问好，还是明智而势利地躲远点好？

现在轮到我路过那片水渍了，它曾经吸引住一条小狗，然而我并没有发现它有任何特殊之处。假如不是因为刚才发生的事情，我从它旁边走过时甚至都不会注意到它。

2019.10

日常记

理发 I

我来上海还不满三个月,至今已理了两次发,这个频率远远高于以往任何时期。

第一次是在交大附近理的,我并没有在店门外徘徊很久,当时我边骑着车边在路边寻找理发店,然后我就看到了那家店。但我并没有立刻停下来,我已经习惯了在自己萌生某个欲望时压抑这个欲望,或者在脑子里冒出某个念头时掩饰这个念头。所以我是约莫骑过了五十到一百米后才停下来的。我还停在路边犹豫了一会儿,主要是在心里质问自己是不是真的就选这家店。我那被质问的内心一方委屈地给出了肯定的回答。于是我锁好自行车,走进了这家店。

一个还算年轻的女人接待了我,她冷淡地看了我一眼,然后吩咐我洗个头——就像我不是来光顾她的生意,而是来接受她的差遣似的。有那么一瞬间,我怀疑她是那种深藏不露的熟手技工,因为对自己手艺无与伦比的自信而不屑于向顾客谄媚。但是我的怀疑随即得到了证伪,或许她的手法是娴熟的,但她却洗得极其马虎,用意无非只是把我的头发弄湿,好让理发师在挥动剪刀的时候,我的那些被铰除的断发会像坠崖的人一样直直往下掉,而不是像被惊动的鸟群似的四散而飞。

洗完头之后,女人径自走开了,这时换了一个面无表情、身材瘦高的男人来帮我理发。这个男人从头到尾都没尝试和我说话,他不问我想理成怎样,似乎在他看来,顾客就不该提这种要求。那么只要顾客不开口喊停他,他就按照自己的经验和判断替顾客做决定了。而我恰好是个很好判断的顾客,我的头发不带任何非自然的造型,也从来没往好看的方向动过脑筋,于是他大概更加认定了不必征求我的意见,因为我原来的发型就说明了我对此根本没有意见。或许在他看来,这不过是打发一个毫不重视他的职业价值的顾客而已。我喜欢这个理发师,虽然他讨好我之处并非出自他的本意——我必须重申一遍:他始终面无表情并且毫无要和我说话的意图,光凭这点我就愿意再来找他理发!

第二次我是在打工的车店附近理的，老板娘是个四十岁左右的湖北女人，她的服务周到得过了头，态度极其谦卑，因为没有人点她（她收费较贵），她便在一旁不断地给客人倒水、赔笑。我只和她说了一句话，我说我不渴。前面我说她是个湖北女人，这不是她自己说的，而是她的相貌和口音都像极了我从前一个武汉的同事，所以我猜她们很可能是同乡。这家店洗起头来同样是风卷残云的手法，我觉得这样挺好，原本我也不是为洗头而来。给我理发的是个二十出头的新手，也可能他不是新手但过于拘谨。我告诉他照原本的样子剪短就行了，刘海就自然地垂下，削到齐眉。

但是他大概认为我不如他那么了解我的真正想法，因为接下来他绞尽脑汁地想让我的刘海斜向一边，并且没有帮我剪碎。当他在努力做这些事情的时候我没有打断他，更没有纠正他——我突然不再在乎他打算把我打造成什么样子了，我甚至连前面的镜子都懒得去看——这有点像是一场答非所问的新闻发布会：一方的诉求没有得到理解和尊重，而另一方还觉得自己被冒犯了。不过好歹，他剪掉的确实是我的头发，而不是我身上别的什么。其实我对自己的发型谈不上有多重视，同时我希望把和人的沟通控制在很小的范围内——我对前者的执着显然弱于对后者的。

至于理发师的劳动成果，根据我过往的经验，晚上回到住处后重洗一遍头,他的那些原本就没多大意义的努力起码有相当部分就彻底没有意义了。

2013.6

理发 II

理发姑娘身高大约一米六五,体重接近一百八十斤,她的快剪店开在超市入口的旁边,但她不是这家店的老板,因为在她之前还有另一个姑娘在这里干过。这是一家全市连锁的快剪店,它的老板应该是个投资人而不是理发师;而且老板哪怕是个理发师,也不大可能到店里来大展身手了。

我没问过理发姑娘的年龄,也没问过她结婚没有,我只找她剪过几次发,连一个问题都没有问过。不过我觉得她的年龄在三十到四十之间,结婚没有我看不出来。她的一只手臂上文了一只很大的凤凰,文身是彩色的,文得非常粗糙,属于那种在小县城谋生、技艺不精且顾客也不太讲究的文身师的作品。

我怀疑快剪店是超市开的,因为超市的每一个分店里都有这家快剪店,而且快剪店理个发只收十块钱,这在如今的北京简直叫人难以置信,除非快剪店本身就不为营利,而是为了吸引附近的老人前来——我们有理由相信,老人在理发之余会顺便逛逛超市,甚至带走点东西。

此刻我正从近处打量着这些怡然自得地等候着的老年消费者们,他们靠在各自的椅背上,目光笃定,心里有数,这个情形已维持了将近一个小时。刚进来的时候,我和同事对快剪店排队等候的人数估计不足,我们以为排在前面的只有坐在店里的几位老人,实际上还有更多的老人在取票后先逛超市去了。快剪店的门边有一台自动售票机,塞进十块钱会吐出一张号码小票,拿到小票后等待叫号就行了。理发姑娘不能收我们的钱,店里安装了监控摄像头,或许她的老板此刻正坐在某个办公室里注视着发生的一切。

老人们无疑很熟悉这家快剪店,或者说很熟悉这位理发姑娘的工作效率,而我在观察了一会儿后也有了一点心得。姑娘平均接待一位顾客要花十分钟,这也就是说,一个小时她能接待六位顾客。可是她的能力本不止于此,假如她能专心工作的话——或许在她看来,陪顾客聊会儿天,给予老人们孤寂的心灵一丝慰藉,也属于她的职责范围,甚至就是她这份工作的题中之义。但是在我的同事看来,她实在太过啰唆,手脚拖拉,对聊天的兴趣大于理发,而且说到激动之处还停下手来。平心而论,她确实在聊天上投入了过多精力,而这的确妨碍了她的效率。但要说她喜欢聊天的话,她的表情又一点不像是在享受。事实上,我觉得她都快哭出来了。进而我发现,她其实并不想和老人聊天,她在理发和聊天两方面都疲于应付,可她偏偏把这两副重担都扛在肩上。

我听到一个老人问她是哪里人。她回答说黑龙江省的某个地方,"那旮旯地方的人都种地"。老人听了之后又问,那里是不是有很多少数民族。她说是的,不过她本人是汉族。说完她又补充道,她觉得自己其实是"傻瓜族","现在已经没有人像我这么傻"。她并没有举例说明自己傻在哪里,而老人也识趣地没有追问,随即两人转到了下一个话题。

坐在旁边的我不禁思绪延伸:在过往的岁月里,她有过哪些原本可以不"傻"的机会,而她又错失了些什么?正在这个时候,姑娘的手机响了起来,把我拉回到现实中,只见她把头发理了一半的老人撂在一边,径自接起了自己的电话。对于她的这种做法,在场的老人们竟然全都无动于衷,这不由得我不感叹:他们假如不是太闲,那就一定是太善良了!

可是站在我身边的同事却发火了——之前姑娘聊天聊

到停下手时,他已经催促过好几回。对此理发姑娘并不是没有听到,但是我的同事巧妙地躲在人堆后面,并且他说话快速而含糊,语气有意地克制,以显得轻描淡写:"赶快吧,还有很多人等着呢。"没等对方反应过来,他又闭嘴不说了,同时别过脑袋,视线投向不相关的四面八方。可是过了一阵,他又突然冒出一句:"把活儿干完了再聊吧。"这就像打游击战,对于理发姑娘来说可气的是,她既要动手,又在动口,原本就一心二用,我同事在这种情况下对她的攻击显得有点不讲武德。偏偏她还没法发作,因为我同事混在人群里,而人群总会发出各种不同的声音,有时候词不达意,有时候自相矛盾,她假如过于较真,反倒令自己显得小气和心虚。于是,她明明听见了,却只能假装没听见,可心里并不服气,于是变本加厉地磨蹭怠工,以此表明自己决不屈服的心志。

我的同事终于忍无可忍,假如他心里原本有根缆条,用来束缚他的那些情绪和冲动,那么这根缆条无疑已经绷断。他大声且气愤地喊道:"你能不能先把活儿干完了再打电话?"——由于理发店里没有足够的椅子,我和他其实一直站着在等,毕竟相比于其他顾客,我们要更年轻力壮,尽管我们上了一天班,此刻难免也感到疲惫。我的同伴比我着急,一方面是因为他住得远,理完头还要买菜做饭,另一方面是他理发的意愿没有我强烈。实际上这个快剪店是我告诉他的,刚才下班的时候他听到我说要理发,就主动提出和我一起来。只是我们都没有料到,这个时间来理发,竟然要排那么久的队。这时我们都等了一个多小时,他早就感到后悔,无奈已经付了十块钱,只好边向我抱怨边继续等。

理发姑娘并没有立刻挂断电话,她努力不受我同事话语的影响,但是心灵无疑已受到冲击。她假使是这家快剪店的老板,此时想必已赔上笑脸,朝我们说起打圆场的话了。可是她不是老板,恐怕也不是个特别珍惜这份工作的员工。于是就像西部牛仔的决斗,在双方拔枪之前,循例要对峙片刻,她已经在瞄准我的同伴。我看见她笑着对电话里的人道别,双方互道珍重,然后她挂断电话,瞬间变得怒不可遏。她朝我的同事大声喊叫,她说她已经不停不休地工作了大半天,难道连歇一小会儿都不允许吗。继而她补充道,这个电话是她在深圳的妹妹打来的!——她似乎觉得,光是提到"妹妹"和"深圳"这两个词,就足以使我们感到羞愧了,她根本不打算进一步解释。

直到这个时候,我才意识到她那被这份压抑的工作折磨得近乎衰弱的神经,以及在她那凶神恶煞的外表之下,确实藏着一颗感人的少女心。可我的同事却丝毫不为所动,他觉得这个女人相当可恶，此刻他的耐心已经消耗殆尽，因此变得铁石心肠。他自己干活儿的时候风风火火，从不拖延分秒，并且为了尽早下班，他很少吃午饭。顺带一提，我俩都是快递员。

他咬牙切齿地又站了一会儿——对我来说是一会儿，对他来说则意味着更长的一段时间——外面走来一个背双肩包的男青年，看样子正打算投币买票。他连忙冲上前拦住男青年，把自己的小票卖给了他。这位幸运的男青年对此前发生的事情一无所知，并且省下了许多时间。接着，我的同事为自己先走向我表达歉意，然后是道别。我当然表示理解，他没做任何对不起我的事，我很清楚时间宝贵，其余一切尽在不言中。

我原本就想独自来理发，现在终于如愿以偿了。至于中间发生的事情——我的同事提出跟我一起来，然后和理发姑娘吵了一架并提前离开——对我来说就像看了一场戏。不过，理发姑娘未必会把我看作是这场戏的观众；或许站在她的角度，我和同事才是演戏的人——到她的店里来找她的碴儿——她肯定已经把我俩看作是一伙的了，偏偏我还无法为自己申辩，否则她铁定以为我话里有话。可是，她千万别把余愤发泄到我身上才好……想到这一点，担忧的神色不知不觉地笼罩了我的脸庞。我怀着不安的心情，捏着自己的那张小票，紧张地等待着她喊到我的号码。

2019.9

一个清晨

四季的更替，除了体现在温度的变化上，也反映在天亮的时刻上。几个月前，每当早上我睁开双眼，天也刚好蒙蒙亮，那种感觉就像我和天地共作息。后来，夜晚像偷偷溢上堤岸的湖水，静静地淹没掉部分的白昼，于是直到我吃完早餐之后，晨曦才匆匆地往窗对面的楼顶抹上一小片光斑。随着时光不断地流淌，在过了冬至之后，一直被侵占和压迫的白昼开始向黑夜发起反攻，并且一天一天地收复着失地。不过这个过程非常缓慢，每天的日出都只比前一天早一点点，没有足够的耐心和细心就很难发现。

就是在一个这样的清晨，光明和黑暗仍然在户外进行着亘古不变的角力，我从铺在地板上的泡沫垫子（我的床铺）上坐了起来。突然，我听见隔壁房间的门被打开，一只篮球砸到了地板上，发出有力的"啪"的一声，不过就只是这一下，然后我听到门被关上、钥匙互相撞击发出的声音。一个人从过道走了过去，经过了我的房门，并没有边走边运球，我仿佛看见走廊的声控感应灯亮起又熄灭。

还有半个月才立春，早上外面还很冷。刷牙的时候，我想象着刚才那人此刻正举着篮球瞄准篮筐。篮球场就在不远的地方，走路过去不用十分钟。这时候天已经全亮了，我想到几个月之前，我早上去跑步的时候，经过那些打球的人，有时候他们也会打量我一眼，仿佛有种惺惺相惜的意思：你在跑步，我们在打球，我们都热爱运动嘛！但也有可能是我会错了意，他们眼神中流露的真实想法是：看，那个人又来了，真搞不明白，跑步到底有啥好玩！——当然，也可能他们看到我时，心里什么想法都没有，我们也从没和对方打过招呼……

换鞋的时候我在想，再等两个月，天暖和起来了，我也要恢复晨跑了。然后我拉上了铁门，走廊的声控感应灯随即亮起，不过这个时候，不用灯光我也能够看清楚锁孔了。

2015.1

跑　步

今早我去跑步，因为是星期天，早上会有很多人跑步。对我来说，在人群里跑步相对容易一些。但是下楼后刚迈了几步，甚至还没有出小区大门，我发现左膝仍然有痛感。当然，我清楚自己左膝的伤，所以我出门前已绑了髌骨带。我的膝盖是二〇〇九年弄伤的，最初并不是跑步造成，但后来伤势的反复是因为我开始跑步。我不会把膝伤全怪到跑步头上。

我有一个月没有做有氧运动了，游泳、骑车或椭圆机对我来说投入太大，何况我能感觉到膝盖在一点点复原，起码现在下楼梯时不会疼了。但显然复原得还不够，或许我该再等等。可是我不想就这样回家，所以我继续往前跑。

刚开始的时候，我想尽量减少左膝的负担：我的左腿抬得没有右腿高，迈得也没有右腿远。但这令我变得像是拖着一条腿在跑。带伤跑步并不会使人肃然起敬，这只是愚蠢，或者矫揉，毕竟跑步还算不上是伟大的人类事业。但是当我尝试让步伐变得正常些时，我发现左膝因此承受了更多痛苦。

我跑过了梨园镇政府，又过了一条马路，远远地看见了对面跑步的人群。跑在前头的是一个穿明黄色短装紧身运动服的女人,她正往北拐弯远离我。我看了她几眼,然后她跑远了。我觉得她的配速[1]在六分到六分半之间。她后面的几个人比她稍慢一点。我可以穿过马路,汇入他们的队列,然而我没有这么做。我估计我今天的配速在六分半到七分之间,我不想看见他们在我前面越跑越远,更不想被他们一个接一个地超越。奇怪的是,我跑得这么慢,竟然还在乎这种事情。

我继续往前跑,到瑞都公园世家后,从群芳中三街往北拐到了群芳中二街。我在跑一个二点五公里的环形,这里的大多数人都在跑这个环形。这里是个跑步的好地方:这段路不属于主干道,往来的车辆稀少,路面开阔、平坦,中间围着的是一块未开发的荒地。

因为我是照逆时针方向跑的,所以要不断地往左拐弯——虽然说"不断"可能有点夸张,毕竟跑一圈二点五公里只要拐四次弯,尤其是我还跑得那么慢。我计划跑四十分钟,从前我一般跑六十分钟,这是我二〇一三年在上海养成的习惯,这个运动量对我来说最为合适。但我已经很久没跑了——自从新冠肺炎以来——何况我的膝盖还在疼。

---

1 配速,指跑步者跑完1公里里程所需要的时间。

我跑六十分钟的惯常配速是六分左右，因此刚好是十公里。我跑得不快，也从没研究过如何提速，我不跑冲刺或间歇，只是古板地匀速跑。我十公里的最快配速在五分以内，但离五分要近于四分，那是我在晚上跑出来的。我在晚上会比早上跑得快一点，跑起来感觉也更轻松；我没有问过别人是不是和我一样，我觉得跑步不是一件需要交流的事，我既不参加比赛也没为自己设定目标，所以我从没和别人探讨过跑步的技术问题。或许我是错的，或许我只是单纯地不想和人交流。我早上跑得慢大概是因为空腹，而且睡醒没多久，身体机能还没被充分唤醒。我还跑过三次"半马"，最快的一次配速是六分半，那是我第一次跑，后来的两次一次比一次慢。

　　从群芳中二街往西跑的途中，我又看见了刚才那个穿黄衣服的女人，她已经跑完了，正在人行道上拉伸。我还迎面碰到其他几个跑步者，他们都跑得很慢，和我差不多。

　　大约在跑第二圈的时候，我已经感觉不到左膝的疼痛了，大概是身体运动开之后，体内分泌的激素在发生作用。但这不代表伤害不存在，只是我感觉不到了而已，因此可能造成的伤害反倒更大，因为我不再能够避重就轻了。

　　或许出门前我该多喝几口水，这时候就不会那么渴，不过四十分钟很快就过去了。回家前我在楼下的公共康体设施上简单地拉伸了一会儿,我以为会有老人在这儿锻炼,然而一个人都没有。

2020.7

拮 据

昨天晚上,我一个人走在回家的路上,有个迎面走来的女人,原本要和我擦肩而过了,突然我眼角的余光扫到她在朝我打眼色。我纳闷地看向她,她也正面向我,还朝我努了努嘴,轻轻地嘘了一声,不过她的视线却没落在我身上。这时另一个男人走了上来,我才明白,女人是向这个男人示意,让他来跟我说话。

男人对我说,他们从外地来,遇到了困难,身上没有钱,想让我请他们吃顿饭。这个男人个子很矮,举止斯文,说话彬彬有礼,同时也明显地紧张、尴尬和信心不足。女人却几乎和我一样高,也就是说,比男人要高出半个头。她很瘦,体型瘦,脸也瘦,显得有点病态,而且无精打采。他俩都很年轻,看样子二十来岁,应该是一对情侣——否则就很难解释女人对男人明显怀有的不耐烦和怨气。

在我带他们找快餐店的途中——其实也就几十米路——男人显然想找些话和我说，以表现出应有的礼貌。他问我是不是刚下班。我说是。他说那么我应该知道这附近哪里有吃的。我确实知道，这不是一条偏僻小路，而是人来车往的街区，虽然这时已经是晚上十点多，可是往路的两边走，不远处都有还在营业的快餐店。这个时候，男人掏出了手机，好像说要加我的微信，日后好还我的钱，或者是报答我，大概是这些意思。可是我走在他的前面，一开始没意识到他在和我说话，因为他说话的声音不大，而且好像不太敢惊动我，这令他的话说了一半后，我才发现他正在对我说话。不过他说的这些并没有超出我的经验，类似的事我已碰过好几次，每次对方都希望我留下一个联系方式——早年是要电话号码，近年则换成加 QQ 或微信——而我从来没有给过。我客气地拒绝了他，说两个快餐花不了多少钱。

快餐店里只有老板一人，他问我们要吃些什么，我看向身边的小情侣，他们随即把目光投往墙上的餐牌。男人很快（三秒以内）就点好了，他要了一碗牛肉面。女人马上要了份一样的。男人接着问老板，这里有没有卖瓶装水。老板说在冰箱里，让他自己去拿。于是女人走过去给自己拿了一瓶雪碧，又帮男人拿了一瓶纯净水。

我问老板总共多少钱，老板回答了我，但我看到墙上只有微信收款的二维码，我问可以用支付宝吗，他委婉地说最好用微信，事实上他没有开通支付宝收款，而我仅有的钱全在余额宝里，于是我掏出钱包，里面还有几十块现金。可是就这片刻工夫，老板已转身走进厨房，我马上喊他出来把钱收了，他似乎嫌我麻烦，叫我坐下等等，我说我有事要走，已经坐下的小情侣也帮着向老板解释，说我确实赶时间——他们没有提议我把钱交给他们，似乎不敢滥用我对他们的信任，而我也没反应来。

我付好账离开的时候，那个男人又追了出来，再次表示要加我的微信，我只好再次拒绝了他。这时候我已经完全相信，他们确实是遇到了困难，不过我只是对他说：我只能帮你们这么多，因为我的能力有限。

2017.5

第三人称

他忽然感到喉咙干，然后就醒过来了。如果没有喉咙干的感觉，他可能无法分辨自己是在哪一刻醒来的——就像谁都能区分蓝色和绿色，但在一条从蓝到绿的渐变色带上，没有人能准确画出两种颜色的分隔线。而现在他能意识到自己醒来的时刻，则完全有赖于对喉咙干的感觉。虽然在他睡着的时候，喉咙干的情况已经存在，但他的身体察觉到这个情况，却发生在他醒来的那一瞬间……其实他也不清楚思索这个问题有何意义，大概无非是让脑子转动起来，帮助他加快摆脱迷糊并恢复神志。

此时他仍然躺在床上，如果旁边有人正看着他，大概都不会察觉他已经醒来。然而旁边并没有人——不仅是此刻没有人，他在这个单间住了半年，从来就没有访客来过，他也不欢迎任何访客。不过他倒是有几次把这个房子的照片发到朋友圈上，并且设置为部分好友可见：那些有可能来找他的人都看不到照片，能看到照片的人都绝不会来找他。大约过了五分钟后，他坐了起来，先点开手机，他的手机放在床边的折叠方桌上，已经充满了电，时间是下午两点三十二分。他在心里估算了一下，这一觉睡了接近五个小时，虽然他希望能再多睡一点，但这样其实已经很难得，这还是拜前一天只睡了两个多小时所赐。

微信里有两条未回复信息，一条是房东发来的，向他传达一条租住管理方面的通知，他立即回复"收到谢谢"，没有加任何标点。另一条是一个朋友发来的，和他讨论一个和当代艺术相关的话题，这个话题他们已经讨论了几天。尽管双方的措辞都很节制和有分寸，几乎总在强调自己其实不懂，不过他始终觉得，自己的不懂比对方的不懂更真实。他感觉脑子里一阵恍惚，就像一只始终无法对准焦的镜头——这当然不是因为他对当代艺术不懂，而只是因为他还没有完全醒透而已。

他觉得风扇吹出来的风有些过头，在他睡着的时候，身体哪怕有些微不适，也无法及时地做出调整，于是一觉醒来，便为时已晚。最近的几个月，他已经两次因为这个缘故感冒。他有点不满地摁掉了风扇。那是很轻微的一种情绪，甚至都称不上是不满，就像刚捡起来的东西又不小心掉到地上时产生的那种感受。现在他觉得很口渴，实际上不仅是口渴，他感觉身体差不多处在脱水状态了。

他站了起来，打开窗户，收进晾晒的衣服，立刻穿到身上。衣服在室外晾了四五个小时，已接近全干，他把手放在布面，感觉还有些烫手。然后他到厕所里烧了半壶水（因为房间里没有多余的插座，他把烧水壶放在厕所里了）。不过他不打算靠这些开水解渴，这是为几个小时后准备的。他拿起桌上的钱包和钥匙，就穿着拖鞋出了门。在把门拉上前，他又确认了一遍钥匙在自己的口袋里。

到楼下后，他又收到那个朋友发来的一条信息。事实上信息可能是几分钟前发出的，只是楼道里信号很弱，他直到走出来后才收到。他想了一会儿，边走边录入了一条回复。到了小卖部里，他称了半斤咸干花生，四块钱，又要了一瓶珠江啤酒，也是四块钱。他又要了两包榨菜芯，刚好凑够十块。榨菜芯并不立刻吃，他要留着冲泡面，和火腿肠一样，都是固定的消耗品，总归是要买的。

回到屋里后，他发现T恤的胸前部位已被汗水洇湿。他脱了衣服，走进厕所里冲了冷水澡，然后光着身子回到床上。他用牙咬开了啤酒的瓶盖（不忘看看有没有中奖），仰头咕咕咕地灌了一大口冰镇的啤酒。太舒畅了！然后他再次点开手机，这次他要读一个小说，是朋友推荐给他的。

写得真好，真的很好！这个小说其实他读过，有一点印象，但想必从前读的时候，没察觉到有这么好。他撩起了窗帘，发现外面仍然亮得晃眼。旁边新近在拆的一个房子，似乎已经拆完了，此刻很安静。他拿出一只小号不锈钢水杯，因为忘记昨天有没有洗过，他又拿到厕所里冲了下水，再甩甩干。接着他往里面倒了半杯二锅头。他买的是桶装酒，价格很实惠。他听说混着喝酒更容易醉，时间已经差不多了，趁着刚才的啤酒下肚，这时候再喝点白酒，或许在晚上上班之前，他还能再睡上一两个小时。昨天这个时候他也这么做了，可惜后来没能睡着。实际上这是他每天的功课：想办法多睡一点。他记得曾读过的一些科普文章，内容是关于睡眠不足对大脑造成的不可逆的损害，这让他感到惶恐。

在把手机重新接上充电器之前，他又确认了一遍闹钟的激活状态：十九点十五分，设定没错。他曾经在无意识的情况下关闭过闹钟，要不就是误操作，他不想再发生那种事。在二锅头的作用下，他已经有了一些晕眩的感觉。不过他也知道，这还远远不够。

2017.10

买　菜

今天早上去了华联超市买菜，说起来我还是第一次早上去华联。我发现早上的华联蔬菜品种很丰富，同时也很新鲜，有很多老人在扎堆挑选、排队称重——一般老人出没的地方，就是价廉物美的地方。从前我都是下午来买菜，下午这里只有几种卖剩的叶菜，大多萎靡不振，叫人买不下手。

我看到很多东西都很便宜，比如土豆九毛一斤，洋葱一块一斤,胡萝卜两块一斤,核桃九块一斤……只要超市的商品既丰富又便宜,那么哪怕只是逛逛不买,我也会感到很满足。反之东西又少又贵的话,我就会变得有点沮丧,对生活失去部分信心。这些都是我的切身体会。当然现实中的情形往往比设想复杂得多,比如我常碰到东西既丰富又昂贵,令我悲喜交加、笑中有泪。

我买了几根香蕉,两块一斤,然后买了一个西兰花和一个球生菜。在我挑选番茄的时候,旁边走来一个老太婆,她指着另一堆四块九毛九一斤的水果番茄对我说:"这个好吃,这个甜。"我对她说:"这个要五块啊。"我在拣的是一堆两块八毛八一斤的普通番茄。老太婆于是自己挑起了水果番茄,她边挑边说水果番茄比我挑的普通番茄好吃。我说你那个是好吃一点,但营养成分都一样。不料她不服气,反驳我说:"你买的这种番茄,切开来后蒂部有很大一块白色的。"或许她说得对,或许她早几天买过这里的普通番茄,然后得到了这个教训。然而我没有听从她的建议,只是对她友善地笑了笑。最后她撇下挑好的水果番茄,啥也没买就走掉了。

称完番茄后我看差不多了,就去排队结账。有两个收银台,我挑了一个,结果旁边的收银台速度更快,比我晚来得多的顾客都付好钱走了,我这边也还没有轮到。在这种情况下，我好像很少能挑对收银台。

走出商场的时候，门两边的麻辣烫和炸鸡店都开门了，我闻到了对我来说极具诱惑力的炸鸡香味。不过我当然没买，只是回头看了看，然后在灵欲交战中远去。

2020.7

命运与花蛤

它们还活着，起码大多都还活着，此刻正纷纷张开那些花纹斑驳的外壳，把柔软的触角伸了出来，好像一根根疲乏的男性生殖器——当然要晶莹、润泽得多，丝毫没有那种丑恶、自负、侵入性的视觉形象，就像一种纯洁的性，或者就是纯洁性——在阳光下一般呈淡黄色，或者浅灰色，半透明的，在水面下以极其轻微的幅度舒展、荡漾着；永远在小心翼翼地试探，时刻准备好退缩。虽然装着水的盆是静止的，水也是静止的，可是它们仍然让人觉得，那些触角本身并没有在蠕动，只是任由水波摆弄而已——多么单纯、无助，而又一无所求，就像婴儿的手指，但是，甚至比婴儿更纯洁。继而我想到，它们那些野生的同胞，此刻正在海水中被锥子般尖利的喙刺穿、被钳子般蛮横的螯碾碎,没有一个人能做到对此无动于衷。

我蹲在盆边久久地、安静地倾听这些无声的生灵,仿佛自己也因此变得更纯洁、更美好、更简单和无欲无求——无论这个世界将怎样对待我,我也不反抗,不呼喊,更不逃避。据说基督存身于万事万物中,但是在人的身上,我怀疑祂的含量很低,远低于在这些软体动物身上。它们是那么干净,远远比我干净,可是我甚至希望它们更干净一点。多么奇怪啊,应该被净化的明明是我,可我却想要清洗一下它们。我伸手敲了敲盆边,提醒它们躲回到自己坚固的牢房里——我实在不忍心这么做,但同时更不忍心让它们受到伤害。然而,只有少数的几只对此做出了反应,带着犹豫把触角缩回到甲壳里,甚至都没有把壳门闭牢。而其余的则根本不相信会有什么不好的事情发生。它们是多么地驯顺,在坚硬的命运面前,毫不躲闪地逆来顺受。这个世界以伤害的方式爱着它们,而它们用那柔软的身躯坦然地接受这份爱。

我轻轻地把盆子挪到龙头下,在涓涓的细流中,温柔地用手搅动这些贝壳。盆子里发出了"哩哩哩"的声音,就像上帝在玩弄手中的骰子……锅里的水很快烧开了,远比我预期的快,我什么也不想,迅速地把洗过的花蛤倒了进去，然后盖上锅盖。随即我听到一阵连绵而剧烈的响声，那是贝壳和锅壁撞击发出的声音，但感觉就像锅子在战栗着忏悔——就连这也不是它们主动发出的，它们只是在沸水的冲击下，委婉而克制地叩问着我的灵魂。

接下来的事情就好办了：把熟铁锅烧热后，入油，先炒香姜、葱、蒜和小米椒，然后倒入焯过水的花蛤，翻炒一阵后浇上料酒、生抽和蚝油，撒点糖再大火翻炒，最后在出锅之前，我也没有忘记撒上点葱花。

我曾经很喜欢做菜，现在没有那么喜欢了，因为一次有人对我说：你应该向你做过的菜道歉。

2021.6.26

回锅肉

我怀疑回锅肉这道菜被发明出来，最初是为了处理快馊掉的熟肉——厚重的调味加上脆生生的蒜苗，可以在很大程度上掩盖刚刚变质的肉类发出的酸臭味；这就像腊肉、火腿、咸鱼和蜜饯等最初都是为了延长食物的保存期，而不是出于追求风味的目的被人发明出来的。事实上很多川菜的调味方法确实可以用来对付各种不新鲜的肉类。当然这并不等于说，川菜适合用不新鲜的肉来做。比如我手头的这块二刀肉就丝毫没有变质发臭——虽说为了省钱，我买的是冷冻肉而不是鲜肉。但它解冻后看起来甚至比鲜肉更干净和饱满，贴到鼻子下也闻不到丝毫异味——确切地说，是什么味道都闻不到。

我先往炒锅里倒入很少的一点油，烧热后我捏着肉，像刷锅一样反复用猪皮那边擦拭锅底，直到猪皮焦黄。然后我用刀刮掉焦黄的一层。据说这是为了去除猪皮的异味。其实即使不这样做，我也吃不出什么异味。不过只要还有人能吃出区别来，这道传统的工序就理应得到尊重。

接下来我拿出一只小奶锅，倒进一点料酒，再放入姜片和葱节，又额外加了两片香叶——香叶不是必需的，但因为便宜我一次买了很多，无论做什么我都要放一点。然后我把整块肉放进去，加水没过，再把锅架到煤气炉上，烧开调成小火。这大约要煮半个小时。

我喜欢吃蒜苗，但今天没有买蒜苗，因为这时节蒜苗不划算（八块钱一斤），所以我买了螺丝椒（两块钱一斤）。我买菜从不任性，总是选择处在价格低位的蔬菜。我准备的螺丝椒约有六七两，和小奶锅里那块肉分量相当。就比例上来说，这大概不太恰当，起码不符合我心目中的标准。

我认为这道菜，肉的比重占到螺丝椒或蒜苗的两倍比较适宜。不过，既然螺丝椒便宜，那就不妨多吃些。再说我心目中的标准，也不是像铁一样坚硬的原则。

我把螺丝椒一只只剖开，用手指抠干净里面的籽籽，再切成小块。我的手指在抠完螺丝椒后，会持续几个小时感到刺痛，幸好我已经习惯，因为最近螺丝椒便宜，我几乎隔天就吃。

我把切成小块的螺丝椒倒进锅里，不放油直接开火炒，这大约要炒七八分钟。由始至终我的锅铲都没有停下来，否则螺丝椒就可能煳在锅里。这么多螺丝椒不可能一下子就断生，所以我要提前处理好；而且炒干的螺丝椒没有那么辣。当然，如果用蒜苗就没有这些麻烦。

炒好螺丝椒后，我拿出两只碗。一只碗里舀一勺黄豆酱和一勺蚝油，再加一点生抽调匀。另一只碗里放入切好的姜片、蒜片和小米椒圈备用。原本我想用红泡椒而不是小米椒，但之前我买了一斤小米椒，现在得抓住一切机会用掉。在"多多买菜"上，一斤小米椒卖五块钱，二两却要两块钱，我当然是买一斤而不是二两。现在我做什么菜都放点小米椒，等到它们快放坏的时候，我再做一次小炒肉，把剩下的一次用光。

配料和调料备好后，肉也煮得差不多了。我把小奶锅里的肉倒出来，用自来水冲洗干净，擦干后切成薄片。这块肉好像很瘦——大约有八分瘦——其实不适合用来做回锅肉。不过在 App 上买菜不能挑，收到是怎样就怎样。再说全瘦的回锅肉我都做过，八分瘦算不了什么。

我往锅里倒了点油，做川菜应该用菜籽油，而我爱用调和油。因为肉太瘦，油就要多倒一点。我尽量多倒了。不过客观地说，倒得并不多。我喜欢节油，几乎是一种强迫症——假如我一个人生活，两升油可以用一年半。

油少就要勤翻锅，颠锅我没练过，但我可以把锅铲舞得像搅拌机一样。我喜欢听锅铲和铁锅碰撞发出的清脆的乒乓声，这些声音会促进我的食欲、愉快我的心情。不过尽管我尽了最大的努力，还是有一点肉渣渣煳在了锅底。

因为我用的肉太瘦，它们不会卷起来，但是从颜色看，肉已经炒透了。可是这时候锅底连一点余油也没有——从那可怜的一点点肥肉里炒出的油花花，都被瘦肉给吸回去了。无可奈何之下，我把肉拨到一边，又往锅底倒了一点点油。我经常干这种事情：即使明知道不行，也要等到不行确凿无疑后才补救，而不是在最初就选择可行的方案。然后我往油里磕进十几颗豆豉，再加一勺豆瓣酱。勉强炒出一点红油后，我倒进准备好的姜片、蒜片和小米椒圈，用锅铲拨几下，闻到香味后，再和肉片拌炒在一起。

可是油随即又炒干了，一些豆瓣酱煳在了锅底。人们常说油多不坏菜，对于烹饪生手来说，只要敢于放油，确实很难把菜搞砸。可我从来不把自己看作生手，再说我也确实不是生手。既然油不够，那就水来凑。我用碗接了点水泼进锅里，水不多，触到锅壁的瞬间发出"呲"的一声，同时升起一小团白烟。我趁机把刚才调好的酱汁浇进锅里，迅速地用锅铲翻匀，再把螺丝椒都倒进去。螺丝椒其实已经炒熟了，只要和肉片酱汁拌匀就好。最后，我往锅里加了点糖和鸡精，再浇上几滴锅边醋，翻两下就出锅了。

这道菜就和我做过的别的菜一样——我做坏过很多菜，多数时候是因为我买了不太好的食材，还有的时候是因为我不愿意多放油。此外我还会犯各种各样的错误，我自己清楚为什么会犯那些错误，但别人听了会觉得莫名其妙。不过我好像宁愿把菜做坏也不愿意买好点的食材以及稍微多放点油。我也不知道是什么苦难把我塑造成这样，实际上我什么苦难都没有经历过。或许我的问题归根结底是对吃这件事不讲究——我似乎不觉得吃好一点有多么重要。我对美食缺乏真正的热爱，对人生的态度好像也差不多。尽管我经常告诉别人什么好吃和什么不好吃，但在心里我其实觉得区别不大。看到人们对很多事情如此执着，有时我会觉得无法理解……不过无论如何，况且事已至此，这道回锅肉我自己倒还觉得不错,虽然也清楚可改进之处甚多。话又说回来,假如换了别人来做,恐怕也未必能让我更加满意。

2022.8

内心记

高姿态

坦白说，我的经历，大多只是姿态的演化；我所遭遇的无奈，其实是我的选择。命运从来没有把我逼到角落，我自处角落以安心。我的人生很倒霉吗？某种意义上是。但我的窘迫是刻意的，我选择了窘迫而不是随俗，然后再向人展示我的窘迫。这一展示包含了敌意——并不针对具体的对象，而只针对世俗现实。我思想境界低，不能看破风云、宠辱不惊。我炫贫、炫苦，甚至炫耀自己的失败经历，不是装可怜，是为了向所有庸俗市侩者、奢靡享乐者、追求世俗成功者、经营世俗人情者们炫耀——"看清楚了，我不屑和你们一样。"我自小接受的家庭教育，从不涉及世俗利害的经营（尽管个中原委丝毫不高尚），故当我成长至能够清醒认识现实的本来面目后，我就变成了现在这副样子。很多人虚伪虚荣，很多人唯利是图，很多人贪图逸乐，很多人缺乏自制，很多人傲慢狭隘……他们被我看在眼里，无所遁形。我的姿态正源于我对现实的这层敌意，我的生活则似在刻意诠释这一姿态。我意识到自己与现实的对抗往往是表演性的，有时甚至是矫情的。但那又怎么样，这仍然比流俗好，而且我有相对清醒的自觉意识。我从来没有遇过一个人，在反对我这件事上做得像我自己一样深刻。关于真诚，我很难办到，我太在意别人的评价，做不到随时向人敞开自己。我只能这样替自己辩解：我身上的虚伪并非为谋取利益，而只旨在保护自己，尤其是为规避遭到羞辱的风险。别人对我表达一点善意和热情，我如果反应过于热烈，难免冒上自作多情的风险；但若稍有怠慢，又恐被人指责为高傲。被人公开地否定或冷落无疑能使自己心安——事实上哪怕别人没有公开表态，我都已经预先做好了这种假设。如果察觉到苗头不对，我可以决绝地远离身边的人，将交情一刀两断。孑然一身倒不是我刻意而为，只是对舒适区的趋往而已——我这辈子过得最平和满足的日子，就是不与任何人交往的那些日子。与人相处从来就是一场难堪的灾难，千万不可有求于人，也不要讨好别人。宁可被人认为尖酸傲慢，也不要显得谄媚。因为前者最起码忠于自我主张，而后者可疑地显得屈从于世俗利害。要堂堂正正地做人，只讲道理不讲交情，并且远离一切在背后对他人闲言碎语的场合，这都有利于过得心安。我不热爱生活，也不喜欢社会，并且我反感一切关于热爱生活的说教。

2011.8

路

人生就像在峭壁上的小径行走，一边是高耸入云的山壁，另一边是深不见底的渊壑，而小径前不见头、后不见尾。似乎向前或向后走都可以，其实并没有前后之分，反正无论你往哪边走都没有终点。小径有时宽阔平坦，有时坑洼逼仄，你常常会走到觉得过不去的地方——有的人选择继续往前走，在大多数时候，这些看似难过的隘口其实都能走过（当然摔死的人也为数不少）；也有人选择走回头路，直到在另一个方向遇到类似的险关。这时他们要不就鼓起勇气迈过难关，要不就永远在两处险隘间滞留徘徊。当然了，如果走累或感到厌倦，那么随时都可以坐下来休息。但是要想坐下来，人就得背靠着坚硬的山壁，面朝向虚无的深渊——不妨想象一下那种处境——如果坐得太久，即使没有摔下去，深渊也可能涨上来吞噬你。

2013.1

致克尔凯郭尔

天才的存在本身就是对庸人无法避免的侵略，对这种侵略的克制是不道德的。庸人会使出各种手段反击天才——实际上庸人是被自己的平庸和无能所激怒，而天才只是教他们看清楚了自己而已。在天才身上，天赋和缺陷总是同样突出，甚至相辅相成——世上没有全面的天才，就像世上没有偏激的庸人一样。当天才因自己的缺陷而被庸人群起而攻时，他伤得越深越痛，他的天赋就成长得越快越强。这种成长在最初的时候常常显得畸形和极端，因为这种成长的诱因和其对天才的作用力本身就不寻常。何况天才有时也无法立即消化自己身上刚刚获得的创造性成就——这个过程有时会由后人来完成。但不必担心的是，天才生来就和平庸水火不容，他们总是与生俱来地憎厌平庸，叛逆平庸。而庸人也因眼见天才的成长而愈发对其嫉恨交加，天才暂时表现出的畸形和极端使他们更加坚信天才不如自己，并无真才实学，于是对其的攻击也变得更加肆无忌惮。最后，甚至可以这么说：是庸人间接地成就了天才。

2013.1

西西弗斯的石头

这份工作已经变得很难忍受，并不是工作本身——虽然工作本身也有着各种烦心的琐事——而是工作对生活的有害侵蚀。每天投入大量时间处理各种毫无创造性，甚至很难说有真正建设性的杂务，这对任何人来说都不太可能是有益和愉快的。而且在这样的工作条件下，工余时间如果得不到足够的放松，将无法遏止地产生烦躁情绪。我有很普通的七情六欲——尽管不如很多人强烈——但我缺少一些强有力的世俗目标，督促自己持续地付出这种代价。我对为谋生而从事的工作没有进取心，只凭责任心和良知努力做好而已。但我仍然想自负地说一句，即使如此我对待工作也比很多人认真和负责。只是这种认真和负责对我来说就像是一种无法得到补给的消耗。我已经很多次面对今天面对的情况了，我如果是个有办法的人，可能早已摆脱了这些烦恼；但是相对地，我就会变成另一个人，而那个人不一定怀有和现在的我同样的信念和事业心。如果没有了那块石头，西西弗斯会获得自由吗？可能会的。但是接下来，他将被迫把注意力投向冥界那一望无际的苍凉和荒芜。问题是，徒劳地承受无止境的重负，或坐下来面对虚无的痛苦，两者中哪个是更优的选择？

2013.3

工 作[1]

完全为了谋生而工作，就和坐牢一样可悲，所以很少人声称自己是完全为谋生而工作的。惯常的说法有：我对我的工作内容感兴趣、我喜欢我的工作伙伴、工作使我觉得生活充实等。这些说法就算真实，也很片面，不工作我们也同样可以从事自己感兴趣的事情、和自己喜欢的人交

---

[1] 本篇曾以引文形式出现在《我在北京送快递》一书中。同样如此的还有后文的《太阳下山之后》和《新时代》。现以原初版本，和其他散文大致依时序编排收录于本书。

往以及过得充实。

老一代的人更坦诚，他们会反问不工作怎么养活自己。他们不觉得用工作囚禁自己、限制自己的自由是可悲的。相反，他们以盲目的劳动为光荣。确实，那时候我们没有艺术家和哲学家，所以只有懒人才不工作。或许就如毛姆所说，并不是每个人在不用为温饱奔忙后，依然知道自己该干些什么。曾经艰难甚至残酷的年代迫使我们变得可悲地单调和狭隘，如今社会环境已经改变，消费主义成了一种新的意识形态，但囚禁却始终存在，我们只是看似更自由了而已。而且，相比于给你一个道德理想，然后限制你做你想做的事情，向你灌输你需要些什么并给你途径去实现，无疑是更牢固和持久的促成社会稳定的手段。但这其实仍然是奴役人的方式。而在这样的社会规则下，个人实现自我的最主要途径依然是工作。

所以我们不仅很重视自己的工作，同时也很关心别人的。工作已经成了一个人最重要的身份标签。老同学老朋友久别重逢，首先要问的是对方现时的工作。在火车上邂逅的陌生人，往往在交流到彼此的志趣爱好之前，都已经打听了对方的工作。确实有的人天生适合在社会规则下通过工作——我指的是大众认可的有物质回报的工作——取得成就和获得满足，但并非人人如此。

工作本是生存的手段，而不是人生的目的，只是社会的发展使我们不至于像我们远古的祖先一样，即使卖命工作仍免不了冻死和饿死。今天我们不用再花上五天五夜不眠不休地追踪一头猛犸象，在自己彻底累垮之前扳倒猎物，然后拖着血淋淋的肉块步行几十公里回到自己居住的那寒冷的洞穴，喂饱自己的浑身长满毛的妻儿。是的，今天我们大多数人如果一觉醒来，发现自己是处在这种境况里，大概会极度绝望。幸好我们已经发展出极其复杂的社会规则和生产手段，使我们的工作高效、体面，和血淋淋的原始狩猎完全不是一回事——尽管它们仍然是一回事。

2013.3

阅　读

一般来说，我们总是因为喜欢而读一本书，而不是因为不喜欢而读。批评自己不喜欢的作品，无异于重复自己，不仅很难有所创见，还会损害自己的感受力。阅读并不是对自己预期的一种满足，而是敞开心胸在未知世界里探索。在某本书里我确实可能一无所获，也许是这本书不适合我，也许我遇到了一本烂书。对于后一种情况，根本就不必把书读完，更别说批评了。对于前一种情况，批评很难不沦为情绪的发泄，因为这本书的有益之处我汲取不了，而指出其缺陷这件事，应该留给懂得欣赏这本书的人来做。一部作品的优点和缺陷、一个作者的长处和短处，常常是有机地互相渗透、影响、构建和支撑的。批评如果不能洞察和反映这些内在的联系，那就难免失于偏颇和褊狭。弗吉尼亚·伍尔夫在两辑《普通读者》里细数了她喜欢的作品，其中不乏"可爱的失败之作""有着明显缺陷的伟大作品"。她还喜欢读人物传记，她满怀深情地爱着那些不完美的人，并且以她通透的见解和真挚的感情让我们也体会到他们的可爱之处。对她来说，生活有许多不可逾越的障碍，她的敏感和洞察得益于那些令她痛苦和毁灭的障碍，她把对人世的爱倾注在了阅读里。

2013.7

"诗"

如果仅仅从"活着"和"物质"中就能得到生命满足，

那或许才是幸运的。哪怕蝇营狗苟、唯利是图，那又怎么样？生物本来就是这个样子。只有对此不满足的人，或在"活着"这条路上走得磕磕绊绊且痛苦万分的人，才会感到精神追求的必要，才会思考人生的意义。而这种思考没有所谓的正确答案，它是务虚的、抽象的；它不是达到某个目的的手段，它就是目的本身。对人生没有这样的感悟，读诗就没有意义。诗不能满足人的基本需要，只能满足人的终极需要。这里说的诗不是指狭义的诗歌，就像摇滚不是指一种音乐类型，而是一种理解、境界、顿悟或意趣。诗是生命意志的一种终极形态，所以它可望而不可即；它不是一种艺术的体裁或类型，相反艺术才是诗的一种体裁或类型。

2014.12

自　卑

自卑感真是我最大的精神障碍，随之而来的是对自己的过度调侃和对本意的掩饰，以及讨好、迎合别人，这就像自然界越是软弱的动物越是生活在阴暗、隐蔽的地方，越依赖保护色掩藏自己。因为过度在乎别人的看法，而不敢泄露自己的认真，直至失去认真的能力。因为想迎合不同的人（群），获得归属感，而左支右绌、自相矛盾。面对简单随意的问题，却不能轻松直接地回答。在甚至没有人质疑的情况下先做无谓的解释。经常为自己做过的事、说过的话感到羞愧和难以释怀，精神很容易被扰乱而无法静下心做事。在该表达的时候沉默，在应沉默的时候说一些废话。矫情。害怕犯错，害怕出丑，因而不敢尝试，故步自封。尤其是，现在身边已几乎没有对我怀着恶意的人。要克服这些问题真的很困难，但不克服就永远无法前进。

此自勉之。

2015.1

环境和美德

在一个地方待久了，人难免会被改变。我们有天生的适应力，如果环境不那么美好，我们也会随之变得不那么美好，以更好地适应不好的环境。人改造环境是几代的事，环境改造人却只需片刻。在同样环境下生活的人往往面目相似，然而我们经常意识不到，总觉得只有自己是正确的，甚至是正义的；而别人是错误的，甚至是邪恶的。我们一边彼此侵占和欺骗，一边互相埋怨和指责。人的可塑性实在可怕。

耕牛比人勤劳，吃的是草，干重体力活儿，逆来顺受，任劳任怨，少欲寡求，但是没有人会认为耕牛高尚，因为它不知道自己在做些什么。所以，求知是美德之始，无知者无美德可言。虽然我不喜欢萨特，但有次他这样赞美纪德：只有知道物品价格的给予才是慷慨，只有清楚行动风险的冒险才是勇敢。

2015.1

太阳下山之后

仿佛所有快乐都凑到了晚上。虽然太阳下山之后，温度下降了不少，但是把防风的大衣披上，把帽子扣到脑袋上，出门倒也并不觉得冷。走到水边的广场上，孩子们正在放烟花。在闪着光的夜空下，他们追逐打闹着。有那么多的快乐，让人感觉所有不美好的事情和人性，离自己是多么遥远，丝毫也损害不了我们的幸福。回到家后再喝一点儿小酒,就更加深了这种感觉。

不过放烟花和喝酒,都是晚上才能做的事,白天我们还是面对现实为好。现实就像一个力大无穷、整天在胡说八道的野蛮人,不过最后他总能证明自己是对的。谁要是胆敢质疑他,那可就得吃大苦头喽!那些说要接受现实的人,其实只是想方设法地让现实接受自己。而说不接受现实的,则可能刚刚被现实拒绝。对此不能抱有精神胜利的想法。在现实面前,连"胜利"的念头都不要有。对于现实,我们真的很难说出些什么,是不会被人挑剔、不显得幼稚或自欺欺人的。所以最好还是少说一点儿。或者索性闭上嘴巴,什么都别说。

如果我被石头绊了一跤,就爬起来自己再摔一跤,然后拍拍屁股继续走路。这样一来就显出了石头的可笑。在接下来的几十万年里,它将孤独地反省到自己施予人的痛苦是那么地毫无必要和微不足道。最后它会成佛,学会善待这个世界。

艺术家常常乞灵于精神的纯粹——自己本身是什么,就要更加是什么,有时甚至发展到匪夷所思的地步,发展到令人困惑和惊恐的地步。但是艺术家的精神达不到那种纯度,他眼中的世界就不会闪闪发光,他也就不知道该怎么去创作。这或许从另一个角度应验了贡布里希所说的:

实际上没有艺术这种东西，只有艺术家。

2015.2

新时代

据说没必要迁居到乡村去，因为大隐隐于市，因为心远地自偏。不过我正坐在开往乡村的小巴上，为即将到来的搬家做着准备。连续晴了很多天，才刚下了一阵雨，天气预报说，明天开始又是连续的晴天。这场雨就像一笼香喷喷的肉包子里混着的一只馒头，用来调节我们被饱满多汁的肉包子宠坏了的胃口，保存我们对于美味的敏锐的感受力。

车上的每个人都喜气洋洋，因为马上就要过年了，等待着他们的将是睽别多时的亲人和丰盛可口的饭菜。小巴在蜿蜒的山路上欢快地颠簸着，我和同行的朋友仿佛也受到这欢乐祥和的气氛感染，开始热烈地讨论起这个热情款待我们的现实世界，究竟是由一股偶然的必然性力量所支配呢，还是由一股必然的偶然性力量所支配。最后我们谁也没有说服谁，各自愉快地保留了意见。

这时，坐在车厢前面的几个农民工吸引了我的注意力。他们上车后就不停地大声聊天和嗑葵花子。他们把葵花子壳吐得满地都是，好像并没有看到旁边的一只垃圾篓。司机在开车前只是冷淡地扫了他们一眼，什么话也没有说。看来他早已被这些随性惯了的人折磨得麻木了，再也不愿在教训他们这件徒劳的事情上浪费哪怕一分力气。

透过偶尔听到的只言片语，我知道这些农民工都没有领到全部的工钱。他们在城市里工作了一年，每个月只拿到一点儿生活费，在工程完成之后，原本应该兑付的薪金却不见踪影。现在他们正要回家过年，不难想象，几乎身无分文的他们回到家里要遭遇多少难堪的场面。可是他们都没有表现出哀伤或愤慨，他们的眼睛都炯炯有神，说起话来铿锵有力。他们兴致勃勃地讨论着社会分配的公平问题，热诚而粗率地比较了改良主义和彻底革命在推动社会进步方面的积极作用和负面影响。他们都对未来怀着热切的憧憬，恨不得春节赶紧过去，好立刻回到他们向往的工地上，为自己即将拥有的幸福多打一分基础。

看到他们这种积极的生活态度，我不由得在心里感慨，看来少懂一些道理，对大多数人来说是有益的。不过我知道还有一些更优秀的人，他们懂得很多的道理，可又从不把那些道理放在眼里。他们熟悉道理就像老练的舵手熟悉水下的暗礁一样，他们掌握这些道理是为了提防它们有天猝不及防地伸出水面挡住他们的去路，妨碍他们获得生活中那些原本唾手可得的快乐。正是因为有了这些优秀的人，社会的快乐总量大幅度地提高了。我们正好活在有史以来最伟大的时代，我们肩负的历史使命就是勇敢地享受更多的快乐；而不是像我们的前代人一样，忙于应付各种各样的贫乏和愚昧，克服无穷无尽的苦难和悲伤。可以这么说，在今天，任何一个不快乐的人都是可耻的、不负责任的。要不是我此刻还坐在小巴里，我真恨不得立刻放声讴歌生命，讴歌世界，讴歌这个美好的时代！

2015.2

目的和手段

现在让我试着来描述两件东西：一件暂且称之为甲，另一件就称为乙吧，至于它们分别是什么，我打算留到最后才揭晓。

一般认为，甲和乙都是好的、有益的，是我们每个人都应该具备的。在甲和乙之中，乙似乎更重要一些，因为人们普遍认为，甲是为了乙而存在的：乙是甲的目的，而甲是乙的手段。不过我们把视野放宽一点的话，乙其实也是别的事物的手段，同时甲也是别的事物的目的——这是一条两端都可以推导下去、接近于无限的因果链条。那么，作为别的事物的手段的乙，和作为乙的手段的甲，在性质上就没有差别了。也就是说，大多数人觉得乙比甲重要，其实只是孤立地看待问题。在这种偏见里，甲完全处在从属的位置——如果甲不能导致乙，人们就会认为甲不再有益，也没有存在必要了。

甲确实不总是能导致乙——在大多数的时候能，但要根据实际的情况，同时满足多方面条件。一般情况下，乙的目的（暂且称之为丙）的规模越大、转化的过程越复杂，作为乙的手段的甲就越重要。当丙的规模和复杂程度突破一定水平后，甚至缺少了甲，乙根本就无法实现。

可是在一个很小或偶然性的体系里，过于拘泥于甲的程序性，反倒会使行动变得束手束脚，不仅降低了效率，甚至可能令乙得不到实现。于是在这种时候，就有人以绕过甲更快地实现乙而洋洋得意。在这些人的眼里，循规蹈矩意味着平庸，而另辟蹊径才体现出个人的才能，甚至这还是一种"不走寻常路"的鲜明个性。

或许有人想到要问,那些不能实现乙的甲,真的就毫无存在的价值吗?确实,起码在大多数人看来,一旦脱离了实现乙的目的,甲就完全是多余的事物了。但是,有人天生具有甲的才能,有人天生具有乙的才能;假如做出更详细的区分,还有人天生具有甲乙转化的才能,有人天生具有乙丙转化的才能……可以肯定,全能的人并不存在,人的社会属性把一个个才能不同的人组装成一根根环环相扣的链条,正是在这些构造精密的链条的传动下,人类文明发展到了今天的水平。

具有单一才能的人一旦脱离了社会链条,就会毫无例外地变得软弱无力,无论身上的才能有多么突出,此人也将从此黯淡无光。但是把自己的才能融进社会链条,就要接受一些必需的改造,把人身上一些和链条不兼容的成分剔除。于是对于个体而言,情形就仿如一个悖论:保全自己身上纯粹的才能,人就将什么也做不成;而投身为链条的一部分,借助链条整体的方向性和规模化,就可以无往而不利,可是此时的人却不再完整和自然。

所幸的是我近来听说,在某些我不熟悉的领域,已经渐渐出现这样的风气:人们不再单纯地从实现目的的角度看待手段。这主要是因为,那些领域相对而言比较难实现既定目的,同时那些既定目的其实也没有多么关键和重要。

于是，在那样的领域，人们自然更容易以一种纯粹的、不带功利性的目光打量一些一般看来简单和次要的事物。

我们把话题转回到甲和乙上面：甲和乙都是强而有力且适合利用的事物，都处在很重要的领域里，这使得人们在它们身上寄托了太多附加意义，很难再把它们当作它们本来是的样子去看待。并且可以预见的是，这种情形还会持续下去。那么，说到这里，甲和乙分别是什么已经不言而喻：它们就是符合上面描述的所有东西，而上面的描述努力地不和它们中的任何一种产生关联。

2015.3

What、Why 和 How

我给自己沏了一壶茶，打算好好地反思一下人生。针对我此刻的回忆来说，Why 这问题从来没有困扰过我。我最大的问题在于，直到成年以后，我都不知道自己的 What 是什么。在我喜欢和崇拜的人里，确实有的是很小就具有了自己的 What，但也有的很晚才具有并且过早地死去。所以我想 What 或许不是一个致命的问题。真正的问题在于，人家天生就具有 How 的才华，而我并不具有那样的才华，同时连自己的 What 也还没找到。

事情是这样的：必须先有了一个 What 才可以有对应的 How，What 是一个坐标而 How 是它的海拔，两者常常共同结构我们的人生。大体而言，在一个连续的过程里，总是不断地出现 What，然后相应地出现 How。

那么，我只能回过头来面对 Why，尽管 Why 本身并不是我的绊脚石。我知道当人生被迫要面对 Why 时，它已经没有很大希望了。或者说，人生本身是没有希望的，除非把目光投向人生以外的地方，那么这种投射也许能产生希望。可是当我被迫要面对 Why 这个问题时，我的目光就被完全地拽回到人生里，所有的希望也将因此远离我，而这就是我持续焦虑的原因……此刻我把这些焦虑写下来，然而并不能化解它。

2015.3

文　身

在我看过的一部日本漫画里，主人公做了一件自己无法宽恕的事情，于是他不再去上学——他是个已被父母抛弃的高中生——每天拎着一只纸袋，里面放了一把尖刀，开始了流浪的生活。他计划找到并杀死一个坏人，用来补偿他做的那件不能被自己宽恕的事，然后再自杀。

尽管他心里酝酿着如此可怕的计划，甚至已经不打算活下去了，但他的流浪并没有采用一些更极端的形式。比如说，他没有露宿街头，也没有衣衫褴褛，更没有向人乞讨。事实上他通过打工来维持生计，每天都换洗干净，起码在他的同事看来，他是一个很正常的人，只不过不太喜欢说话，也不太表现出喜怒哀乐等情绪而已。当然，他的同事不知道他下了班之后，会带着一把尖刀四处游荡，假如知道这一点，他们或许就不会觉得他是个"正常"人了。

在他一厢情愿的设想中，他会在某天撞见一桩暴力犯罪事件，然后他就可以挺身而出，用尖刀把坏人捅死，或者反过来，他被反抗的坏人杀死，这两种情况都合乎他的心意。有一次他几乎要如愿以偿了，他留意到一个形迹可疑的中年男人，这个中年男人确实有问题，但他偷偷摸摸实施的罪行并非针对他人的侵害，而是只想主动结束自己的生命。我们的主人公把中年男人痛骂了一顿，这不仅是因为计划落空带来的挫折令他恼怒，而且因为中年男人选择的自杀地点就在一家幼儿园的旁边。或许中年男人根本没有注意到这点，毕竟他都决定要死了，其他问题都不重要了。可这却是主人公最痛恨的地方：自己要死还给别人添麻烦，这种极端自私的做法不配得到原谅。至于自杀这件事，他倒并不反感，在故事的结尾，主人公也自杀了。他那个杀死坏人的计划没有成功，光靠每天在街上游荡，撞见一桩暴力犯罪事件的概率实在太低了。

这是一部打动过我的漫画，我身上的一个文身就来自这部漫画的主人公。我曾经这么设想：假如他要杀死一个坏人的努力始终不能成功，但他也始终没有放弃，他的人生就一直这样维持下去，其间他可能还结了婚、生了小孩，后来退休，生病，去世——换言之，和我们的生活有着几乎一样的内容。那么，有没有可能，实际上是我们和他一样，始终没有遇见我们要做的那件事而过完了一辈子？当然，我们要做的事不一定是杀人——应该说很可能不是杀人。不过他其实也不一定要杀人，不必用这种极端的方式赎罪。甚至他可以轻易地把他最初做错的那件事掩饰好，然后当作什么事也没有发生过，毕竟他本人也是个受害者。那么到底哪一种人生是更积极的呢？是放下一切过好生活，还是用极端的方式赎罪？这或许不是一个有标准答案的问题。我知道叔本华不认为自杀是一件消极的事，因为他说过：自杀的人都是极端积极者，他们对现实不符合自己意愿的方面丝毫不接受。不接受，也就是拒绝命运。不过尼采说：具有性格的人不具有命运，他们身上只有重重复复的经验和经历。漫画主人公确实没有从他的命运或性格中走出来，在他身上过去就是未来，反之未来也是过去。他用极端克制的方式放纵自己的生命，而他的命运或者说性格则用惩罚他的方式奖赏他，用漠视他的方式关怀他，用遗弃他的方式收留他。

2015.10

镜子和照片

很久以前我就发现，镜子里的我和照片里的我不是同一个人。这对我来说不是什么百思不得其解的谜团，因为每次照镜子的时候，我总是在不停地调整自己的表情、姿势、角度……以迎合我对自己的预期，塑造一个符合我想象的我，这几乎已经成为我的本能，根本不用去思考为什么或该怎么做我就已经在做了。而到了拍照的时候，情形却大有不同，拍照就像一个埋伏在暗处的抢劫犯，每次都是猝不及防地蹿出来,把我吓得目瞪口呆,然后我那狼狈不堪的样子就被永久地保存下来了。有时候我简直认不出照片里的那个我,我无法想象那样一个人——瞪着一对小眼睛,脸颊泛红,头发因为疏于修剪而草草地盖住部分耳郭——就是真实的我。无论我心里有多么不满意,或如何无意识地调整自己的五官,照片里的那个人都不会随之变得更精神和体面,因为他已被凝固成一个瞬间。

于是,我到底有多狼狈,从镜子里并不能看出来,可是到了照片里,一切便都无所遁形:那个最真实的我一动不动,暴露在所有人的目光下,既无力掩饰,也无处躲藏。现在我正拿着这张照片,举在自己的眼前仔细打量。我在想,我是怎么变成这个陌生人的?当我还小的时候,我无数次想象自己长大后的样子,但是没有哪怕一次,我想象出来的样子接近照片里的这个人,就像我也想象不出我熟悉的大人小时候的模样一样。在我长大的过程中,我几乎可以说是变成了另一个人;而现在当我看着这张照片时,我发现自己对小时候的我的了解程度,要远远高于对照片里的这个人。这也就是说,我既变成了另一个人,同时又似乎没有变;我变成的那个我我并不认识,可是他出现在了我的照片里,用这种方法提醒我他就是我。

我还记得在小时候,自己对变成一个大人的那种既渴望又害怕的心情。大人所具有的能力和权威是我当时梦寐以求的，但是我——坦白说——并不相信自己能变成一个大人，我觉得这件事情无论如何我都办不到。当我目睹身边的同龄人都陆陆续续变成大人之后，终于轮到我也被某种力量推到悬崖边上了。我清楚只有纵身跃过身前的深渊，跳到悬崖的对面，我才能踏上一条生路，这是一个至关重要的考验。可我真的没有信心做到。身边的同龄人对此表现得越坦然和轻松，我就越感到恐惧。我觉得他们都掌握了某种我闻所未闻的秘诀，而我根本不懂得如何应付这个考验，甚至不清楚要为此做些什么准备。我几乎坚信自己会坠入深渊，如果我真的尝试跃过悬崖的话……

后来我好像长久地失去了意识，我记不起自己都经历过什么，尤其是记不起自己有没有通过那个考验。我不知道现在我过着的生活，是发生在坠入深渊之后，还是发生在跨越悬崖之后。照片里的这个人并不是我，当然镜子里的那个人更不是。而我熟悉的那个小时候的我，早已不知道到哪儿去了。

2016.2

下坠的遐想

3

当人处在绝对的绝境中,任何努力都是徒劳时,积极和消极还有区别吗?比如从悬崖失足坠下,人在半空之中,是用尽力气划动四肢,还是束手待毙更积极一点呢?但是我们知道,人不会轻易从悬崖坠下,不会轻易让自己处在绝境之中。我们提前学会了区分实际和不实际,然后在实际中尽量努力和获得。没有人是对生命寸步不让、从不妥协的,因此总还有退一步海阔天空的余地。我们最初的欲望和冲动,经过多少合理的引导、规划和努力,终于抵达成功,我们相信这就是自己最初想要的成功。其实只要很少的一点满足和鼓励,我就能说服自己,在长达一生的下坠中,尽量整理好仪容,并显得体面。

2

我们来假设这样一个人,每当他遇到挫折时,他首先怀疑自己不够虔诚和纯粹,表里不如一。他不但这样怀疑,而且很快相信了这就是全部的结论。于是当他再做尝试时,他唯一改善的方面就是变得更虔诚、纯粹和表里如一。或者从旁观者的角度看,他变得更相信自己的虔诚、纯粹和表里如一了。那么，可以认为这人是傻子吗？我们再进一步假设，他的事业始终没有成功，可他也始终没有放弃，就这么艰苦卓绝地努力下去。那么，这种努力在本质上是积极还是消极的呢？

1

作为一种仪式，在某种程度上，我很理解原始部落在出征的前夜，围着篝火又唱又跳时的心情。面对难辨的吉凶和未卜的前途，身体的舞动近乎狂暴，吼出的歌声充满愤怒。你可以说，做这些对战争有什么帮助呢？还不如把时间花在削尖长矛、备足箭镞上来得实际。因为作用于精神的效果无法量化地计算，也就不能借以对前景做出衡量和判断。一般只有当我们在物质上的努力到达了极限，无法再往前推进半步时，我们才求助于精神。原始人不过是比我们更容易到达物质的极限，而这在有些人看来，基本就等同于听天由命了。

2017.2

像一块滚石

"像一块滚石",这句话既可以作为陈述句,也可以作为祈使句。当它作为陈述句时,不言而喻的是:你其实并不是一块滚石,否则就该用"是"而不是"像"了。但"像"有时比"是"更接近事物的本质:因为肯定有一些滚石并不像滚石,有些不是滚石的却比滚石更像滚石。而当它作为祈使句时,则意味着你不仅不是一块滚石,甚至也不像一块滚石——至少目前还不像。可是你的可塑性和能动性得到了认可——毕竟没有人会在一块顽石上白费力气。除此以外,它还包含了一层价值导向,即肯定了"滚石"具有的某种正面和积极的特质。不过在大多数语境里,这句话其实不带有具体的指向对象——只有当你试图回应它时,它隐含的接收对象"你"才现身——它只是一句单纯的宣言,而且很含蓄,不像大多数宣言那样饱含煽动性、权威或自我感动。它没有号召人们站起来反抗,也不鼓动人们为某个目标奋斗,甚至都不试图标榜一种良好的自我感觉。它好像只是在说:假如注定要像一块滚石,那就像一块滚石好了。仅此而已。

我们知道,一块滚石,首先它得是一块石头;假如是一片树叶、一把泥沙或一池溪水,那就无法从山坡或崖壁上滚下来了。它还得坚硬且有着固定的形状和体积，这一体积起码大到足以通过各种可能遇到的障碍。我们不妨想象，假如是在一片光滑的山岩上，滚石的体积就不需要很大，因为没有什么东西会猝不及防地卡住或吞噬它。可是在大多数情况下，山坡上覆盖有茂密的植被，崖壁也有凸出的断层或裂缝，这些都会妨碍一块滚石追随自己的命运：要不就不摔，要摔就摔到底。滚石的命运无疑在于实现内化于自身的重力——只要还有更低处，就决不停止滚动。事实上这也是一个熵增的过程，一个封闭的物理系统总是要趋向混乱和无序；或者说这就是道法自然，就是存在的本质。

任何一块滚落的山石，都必定剥落自高处的巉岩，否则它就是一块陨石而不是滚石了。山巅素来以其高度著称，然而对价值的量化致使价值日益趋于同质化。滚石可以作为陈旧、固化的山体的一部分存在，也可以脱身而出、短暂地成为真正的自己继而粉身碎骨。最终滚石选择了后者，把自己从看似永恒和稳固的立身之地中剥离了出来。这往往是心气而非理性的所为，只凭喜恶而不做权衡，否则滚落就降格为一场表演和算计，成为另外一些目的的手段和途径。因此绝大多数滚石都坠落在人们的视线范围之外，由于观看的缺席而显现其意义。在无数处不为人知的荒山野地，像这样的坠落时刻都在发生。滚石从山体的剥离一旦完成，这一过程就再不可逆。它将在一次又一次的翻滚和撞击中碎裂和解体，直至无穷无尽，同时消失无踪。失踪是所有滚石共同的归宿。因为持续不断的向下运动导致持续不断的消失，而无穷的消失意味着无穷的存在。

不过它对山体的敲打和叩问不会湮没无闻。无论一块滚石多么细小，它终究是脱胎自山体，和构成山体的岩石成分相同。正是这种同质的碰撞引起的共振一点一滴地瓦解着山体的组织。尽管决定性的改变不会在短时间内发生，甚至可能永远不会因此发生，滚石也并不以此作为自己的目标和意义。对于一块滚石而言，滚动和下坠本身就是意义所在，这源自一种自甘堕落的本能。因为它厌恶高高在上的山巅。山巅以吞噬他者的高度来成就自身，故此其永不可以真面目示人，否则即消解其侵占之高度。因为"在这世上，只有沦落至遭受最低贱的羞辱，远低于乞讨生活的羞辱的人，不仅没有社会地位而且被大家视为失去基本人性尊严、失去理性——只有这样的人才有可能讲真话。所有其他人都撒谎"[1]。山巅以遮掩和拒人于千里之外的冷淡保存自身，始终与观看保持距离：在山之外，山巅遥不可

---

1 语出西蒙娜·薇依。

及，难以看得真切；在山之中，则山巅又不见踪影，无处可寻——正所谓"不识庐山真面目，只缘身在此山中"。

造山是一场向上的地壳运动，源自板块和板块的锱铢必较、寸步不让，因为对冲突和压迫的投入而渐渐凌驾在众生之上。然而在一个鼓吹向上的时代，向上不知不觉成为了一种流俗的审美和价值的独裁，不仅日益变得可疑，而且往往流于可耻。因为"高贵者要求自己不要让他人感到羞愧：他要求自己看到一切受苦者而自感羞愧"[1]。故此自甘堕落者最高贵——在陀思妥耶夫斯基的笔下，弥赛亚总是附身于最卑贱的人身上，尤其是妓女身上。而滚石却是一场向下的坠落运动，坠落是一种消极的自我实现——如果说积极向上的本能代表了创造和占有，以及对命运的掌握；那么消极向下的本能则代表回归和舍弃，以及对灵魂的净化。两者曾经如阴和阳般浑然一体、相互转化。但这种平衡业已打破，情形就如山峰和滚石之对比的悬殊。

人们在繁复的现代生活中感到疲累、徒劳和盲目时——人们时常产生这些感受——可能会倾向于美化一个流浪汉（a rolling stone）的生活。因为一无所有的人最自由——尽管这种自由包含了另外一些风险，这些风险常常被

---

1 语出尼采《查拉图斯特拉如是说》，钱春绮译本。

羡慕它的人忽视——而我们都为我们的所有和所求拖累，无往而不在枷锁之中。可是我们终究不是真的无家可归——或许正因为身后有一个想要摆脱但无法摆脱的家，甚至是既想摆脱又要依靠的家，所以我们才浪漫化地想象无家可归者所过的生活。说到底，既要反抗又不舍弃，最终将使人变成其曾反抗的对象。而"滚石不生苔"[1]，恰恰因为其从来不是屹立不倒，而是永不停歇地颠倒和打破自身，直到其完全消亡的一天。

2022.8

如果女人需要一位斗士

利蒂希亚·皮尔金顿夫人一七一二年生于都柏林，她和让-雅克·卢梭同年，比简·奥斯汀早了六十三年。因为她只活到四十七岁，故此和奥斯汀的生平并无交集。她在写作上的成就也无法与奥斯汀相提并论。事实上，奥斯汀很可能既没听说过她，也没读过她写的任何东西。不过，

---

[1] 语出普布里乌斯·西鲁斯。

她的生平经历无疑比奥斯汀的丰富和精彩得多，同时也凄惨得多。假如她有机会读到奥斯汀的小说，她对奥斯汀的评价可能会和同样身世坎坷的夏洛特·勃朗蒂对奥斯汀的评价相似：奥斯汀的视野太狭隘了。尽管她本人愿意为了区区十二便士，按客户的要求撰写任意题材的文章——放在今天人们会用略带贬义的"写手"来称呼她从事的行当。可是她也确实有资格对奥斯汀做出那样的评价——并非出于对奥斯汀写作题材的不认可，而是彼此悬殊的出身经历导致的生命感受和人生视域的巨大差异所致。奥斯汀大可以在想象中探索她的爱情理念，而皮尔金顿夫人却实实在在地经受着生活的锤打，显然没有那种精致的闲情了。

不过，皮尔金顿夫人并不是一个悲观和苦情的人。她确实也会像祥林嫂一样抱怨，然而与此同时，她又无比英勇地与生活进行着无穷无尽的斗争。她为了谋生写过不少夸张失实哗众取宠的故事，这些故事的素材来自坊间绯闻和名人轶事，大概有点类似我们今天的"知音体"。而那些曾经伤害过她的人，都被她在写作中加油添醋含沙射影地挖苦了个遍。于是她的魅力就在于她的睚眦必报——宽容和厚道并不适合她。因为她从天性中意识到自己热爱生活的正确方式就是诅咒生活，而与生活和解的方式则是不断的斗争和报复。

如果说抱怨和诅咒放在绝大多数人身上都是一种负面的品质，那么皮尔金顿夫人有一种得天独厚的戏剧感——这或许得益于她的天性、教养和写作志向——这种戏剧感把她身上的负面品质转化为一种感人至深同时又令人忍俊不禁的喜剧品质。我们今天得以了解奥斯汀的生平，是因为她的作品为她博得了巨大的声誉。而皮尔金顿夫人的写作显然没有为她带来身后的声誉——我猜在读我这篇文章的人，应该都没有听说过她的名字——不过幸好她留下了一本回忆录。即使是这本回忆录，也早已湮没在浩瀚的书海之中，被厚厚的灰尘覆盖，几乎为世人遗忘了。我当然也没读过这本《皮尔金顿夫人回忆录》，实际上这本书在中文网络上搜索不到任何信息。我是从弗吉尼亚·伍尔夫的散文集《普通读者Ⅰ》里，读到了伍尔夫读这本回忆录的读后感。换言之，我现在的这篇文章，其实是对一篇读后感的读后感。伍尔夫的这篇文章题目为《凡人琐事》，篇幅很短还分为两个部分，而皮尔金顿夫人的故事被放在了第二部分。我写这篇文章的目的是探究伍尔夫写的这篇短短的读后感，或者说皮尔金顿夫人这位生活在三百多年前的英国妇人，为何曾如此打动我，以至于我初次读到《凡人琐事》时感动得哭了。

根据伍尔夫对《皮尔金顿夫人回忆录》一书的摘引和

转述，我知道皮尔金顿夫人在都柏林出生和长大，结了婚又被丈夫抛弃，然后独自带着两个孩子迁居伦敦。她被抛弃源于一次"捉奸"事件——根据她在回忆录里的记述，出于对读书的热爱，有次她把一位先生留在自己的房间里直到深夜。因为那位先生不舍得把书借给她，但愿意在她身边等候，直到她把书读完为止。考虑到她当时年轻又有活力、感情丰富且颇为浪漫，人的感情和心理又是那么复杂和微妙，即使她真的对那位先生怀有好感，在我看来也无可指摘——确切而言，我认为没人有资格指摘她。再说她的丈夫也有一个情人。不过她在回忆录里捍卫了自己的清白，而伍尔夫似乎也对她的自述完全信任。毕竟，对于两百多年后的伍尔夫来说，重要的已不是追究所谓的"真相"，而是去体会皮尔金顿夫人如何看待及回应自己的遭遇和命运。皮尔金顿夫人对此的回应是诅咒她的丈夫让她变成一个四处历险的妇人，而不是如她本性所愿的那样成为"一只温柔无害的家庭小鸽子"[1]。

皮尔金顿夫人活力四射的性格可能得益于她的出身——她的曾祖父是伯爵，因此她的家族在都柏林应是望族。不过爵位可以世袭财富却难以保存——在回忆录里，

---

[1] 引号内文字部分引自伍尔夫的《凡人琐事》，译者许德金。下同。

她提到在父亲去世之后，自己受过的怠慢和拖欠的账单等情况。显而易见的是，她结婚时并没得到多少嫁妆，否则她就是真的有一个情人，她的丈夫也很可能不会离开她。不过或许正因为她是贵族的子女，她的父母才没有早早地安排她干活儿，而是送她到浸礼会的教长身边接受教育。这位教长的来头可不小——事实上是一位伟人：乔纳森·斯威夫特。皮尔金顿夫人和斯威夫特的交情无疑对她的一生影响巨大——是斯威夫特在最初教导她写作，并培养起她读书的爱好。日后当她被迫卖文为生时，她和斯威夫特这位大人物的交往经历也提供了不少有趣的素材。然而伍尔夫却写道：如果女人真的需要一位斗士，那么利蒂希亚·皮尔金顿显然就是一位。假如皮尔金顿夫人仅仅是一个为低俗读物供稿的"写手"，那她又如何能当得起此重任？我们不难发现，她的一生几乎就是一场漫长的下坠——包括她的身份、社会地位、经济条件以及写作方向等方方面面。她最初是伯爵家的千金，是斯威夫特博士身边的小跟班，哪怕不是集万千宠爱于一身，起码也有一个高贵的起点。继而她成为了一位牧师的太太，同时凭一支妙笔活跃在上层文化圈子里。而当那个粗鄙的牧师抛弃她后，她成了两个孩子的单身妈妈，并离开了都柏林，告别了过往安逸的生活，也放下了她热爱的诗歌创作，转而在伦敦靠写一些低级趣味的文章谋生——总之什么能够吸引读者她就写什么。这时她和社会底层的劳工仆役租住在一起，和他们一起打牌喝酒吸烟草消遣。最后，她因为拖欠房租，被那个吃光了她的大虾并且经常几年不梳头的女房东送进了监狱。

不可否认的是，皮尔金顿夫人在写作上的成就没有达到奥斯汀、勃朗蒂姐妹或乔治·艾略特等人的水平。同时由于她生活在十八世纪上半叶，她对女权的认识也比不过今天的大多数知识分子。然而她并不是以才华和智识为武器，去代表女性争取和战斗，而是把自己的人生活成了一种榜样：她既有教养又粗俗，既博爱也记仇；她爱憎分明、勇敢不屈，而且自力更生；更重要的是，即使经受了那么多苦难和不幸，她仍然深怀对生活和这个世界的热爱。尽管无数次她被迫放下尊严，去向那些曾经和她的家族平起平坐的达官贵人乞讨并惨遭羞辱；在威斯敏斯特教堂墓地沉思却不小心被人锁在里面与老鼠为伍；还有两次在圣詹姆斯公园里她认真地考虑过投湖自杀……然而沉溺在个人感伤里不符合她一贯的作风，她不是那种天生的受害者，而是一位敢爱敢恨的斗士。无论现实和命运如何作弄她，她总能抖擞起精神，从屈辱和挫折中振作起来，重新投入生活当中，投入她饱满的爱和恨里。在《凡人琐事》的结尾，伍尔夫写道：

> 她喜爱莎士比亚、认识斯威夫特，并在一生的历险过程中经历沟沟坎坎，反复无常时仍然保持着乐观的精神，保持着女士的那份教养、那份勇敢。这种精神、教养和勇敢在她短暂一生的最后日子里，让她能够谈笑风生，能够在心死之时喜欢她的鸭子及枕边的昆虫。除此以外，她的一生都是在伤痛和挣扎中度过。

尽管我不清楚皮尔金顿夫人在自己的回忆录里如何表达她对鸭子和枕边的昆虫的喜爱——这些昆虫很可能打扰了她休息——但她最打动我的正是这种品质：即使在绝境中也没有忘记去爱。

2022.9

句子（2013—2016）

虽然牢房已垮塌，囚犯仍然待在原本是牢房的地方。虽然判他有罪的法庭已解散，他仍自觉有罪。虽然褫夺他权利的政权已灭亡，它的敌人马上要占领这里，可是他不逃跑，他宁愿忍受敌人的奴役，也不跟随判他有罪的同胞。他确实有罪，但他的同胞比他罪孽更深。

一个自我禁锢者尽管赞美自由但无法凭自身之力挣脱身上的束缚，因为牢笼内的方圆才是他们唯一熟悉的世界。他们在等待可能永不会到来的解放或毁灭。而那解放其实早已埋藏在他们体内，正如毁灭。

如果我们的慈悲不能像钢一样坚硬，我们将贫瘠得只剩铁一般的原则。但现实是我们身边的很多人，包括毫无原则可言和不知原则为何物的人，都在谈论自己的慈悲。

其实我也爱生活，但我不爱你们的生活，而你们总想否定我的生活，用你们的"生活"掠夺生活——因为你们睥睨我和你们不一样的方面，所以我憎恨我和你们一样的方面——有时候我也不知道界线在哪里：我不能判断，不敢求证，更不懂应对——只有迫使自己站到高处，我才获得孤独和痛苦的安全感。

他们问我为什么这样认为。我说我不是这样认为，而是这样相信。因为我不愿意面对现实，所以长久以来，我已经习惯了以信仰而不是认知和世界打交道。有的时候，我相信一件事情是这样的，我就以事情就是这样的情况下我会采取的方式去回应，结果事情真的成了我相信的样子。他们听到这里笑了。但更多的时候，事情并没有因为我相信是怎样的就变成怎样。不过也无所谓，我还是相信。

敏感不是才能，正如勇敢不是美德，要看它们针对些什么——每个人都有迟钝和敏感的方面，难得的是针对同一件事物既迟钝又敏感，既沉迷又超脱，既是牢笼又是囚犯，它在你眼里才纤毫毕现，轻易地把你满足或摧毁。

对于失败，抗争是实现的形式，而演绎是最后的依傍；对于演绎，虚构是实现的形式，而真实是最后的依傍；对于真实，客观是实现的形式，而信仰是最后的依傍。——至于信仰，它不能是现成的。

每个人的精神成分都差不多，区别只在于每种成分的比例和各自对待这些成分的方式和态度。

无论车厢里多么拥挤，人们总能弓着身、聚精会神地盯着手机。他们放心地把摇晃的身躯交给周围的陌生人。不融入这种摇晃的同盟关系里，克服城市生活将是不可能的。

大众的特征：鄙弃自己不可拥有之物，逃离自己不可抵达之地。

隐士袒露自己，大众隐藏在社会性里。

成人的生活就和成人眼里孩子的过家家游戏一样，当人察觉到这一点，就被生活永远地拒之门外了。

真理无法言说，偏见就是人们试图言说真理时的种种误差。

人们致力于提高错误的推导方式的正确率，然而并不进行正确的推导；因为正确的推导虽然不犯错，但也永远推不出任何结论。

真理的正确性在于其不可被穷尽。真理并不和偏见对立，相反，真理是所有偏见的总和。

没有盲目的爱情,否则对应地,就该有不盲目的爱情——在爱情前面加上盲目或不盲目恰恰是对爱情的消解。同样,真理也没有积极和消极之分。

幸福在现实之内,我们可以拥有,但不能追求;幸福在生活之外,我们可以追求,但不能拥有。

真理在于求,不在于获。

有这样一种人,因为过度介意自己的缺陷和世界的不完美,而看不到自己优秀和世界可爱的一面。对他们来说,只有过艰苦的生活能稍稍消解对自己和世界的鄙弃和憎厌。

寓言之美在于它伸出手指,却指向那空无——美必是"无用"的。

图书在版编目（CIP）数据

生活在低处 / 胡安焉著. -- 长沙 : 湖南文艺出版社, 2024. 8. -- ISBN 978-7-5726-1983-0

Ⅰ. I267

中国国家版本馆CIP数据核字第2024AV0464号

生活在低处
SHENGHUO ZAI DICHU

胡安焉 著

出 版 人	陈新文
出 品 人	陈垦
出 品 方	中南出版传媒集团股份有限公司
	上海浦睿文化传播有限公司
	上海市黄浦区万航渡路888号开开大厦15层A座（200042）
责任编辑	欧阳臻莹
责任印制	王 磊
封面设计	祝小慧
出版发行	湖南文艺出版社
	长沙市雨花区东二环一段508号（410014）
网 址	www.hnwy.net
经 销	湖南省新华书店
印 刷	深圳市福圣印刷有限公司

开本：787mm×1092mm 1/32	印张：8.75	字数：150千字
版次：2024年8月第1版	印次：2024年8月第1次印刷	
书号：ISBN 978-7-5726-1983-0	定价：56.00元	

版权专有，未经许可，不得翻印。
如发现印装质量问题，请联系出版方：021-60455819

浦睿文化
INSIGHT MEDIA

出 品 人：陈　垦
策 划 人：普　照
监　　制：胡　萍
出版统筹：余　西
封面设计：祝小慧
封面插画：易思祺
营销编辑：哈　哈　阿　七　狐　狸

欢迎出版合作，请邮件联系：insight@prshanghai.com
微信公众号：浦睿文化